देवी चौधरानी

बंकिमचंद्र चट्टोपाध्याय

संपादकिा : साक्षी पटेल

SANAGE

PUBLISHING HOUSE

Copyright © 2020 Sanage Publishing House LLP

All rights reserved. No part of this publication may be reproduced, distributed, or transmitted in any form or by any means, including photocopying, recording, or other eletronic or mechanical methods, without the prior written permission of the publisher, except in the case of brief quotations embodied in critical reviews and certain other noncommercial uses permitted by copyright law. For permission requests, write to the publisher, addressed "Attention Permissions Coordinator," at the address below.

Paperback: 978-811900795-0

Any references to historical events, real people, or real places are used fictitiously. Names, characters, and places are products of the author's imagination.

Printed by:

Sanage Publishing House LLP
Mumbai, India

sanagepublishing@gmail.com

विषय सूची

आमुक

नारी के अबला से सबला होने
की साहसकि गाथा

देवी चौधरानी; नारी के अबला से सबला होने की साहसिक गाथा है। बंकिमचंद्र चट्टोपाध्याय (चटर्जी) के इस उपन्यास में प्रफुल्ल; निर्धन, असहाय और परिस्थितियों से मजबूर एक सीधी-साधी लड़की है। घर में एक समय का भोजन भी बड़ी मशक्कत से जुट पाती है। पहले अध्याय से ही चटर्जी मार्मिक भाव उकेरते हैं।

प्रफुल्ल माँ के हाथ से हांडी लेकर बोली – *"माँ! मैं भीख या उधार माँगकर क्यों खाऊँ? मेरे पास सब कुछ है।"*

माँ ने आँसू पोंछकर कहा – *"सब कुछ तो है बेटी! पर भाग्य में कहाँ है?"*

ऐसी स्थति के बावजूद प्रफुल्ल का विवाह धनी साहुकार के बेटे से संपन्न होता है, लेकिन ससुर इस बात से रुष्ट है कि वधु पक्ष के पड़ोसियों ने बारातियों का ठाठ-बांट के साथ स्वागत-सत्कार नहीं किया। यह ताना खुद्दारी भरी प्रफुल्ल के सीने में कटार सा चुभता है, सो वह विवाह की अगली सुबह ही ससुराल को छोड़ पीहर आ जाती है। भारतीय समाज की यह विडंबना ही है कि वह स्त्री को स्वतंत्रता से जीने नहीं देता। रूढ़ीवादी विवारों से घिरी और निर्धन माँ बेटी की भलाई के लिए प्रफुल्ल को ससुराल छोड़ देती है। यहाँ पहली बार पति-पत्नी एक दूसरे को देखते हैं, किंतु एक बार फिर ससुर की तरफ से उसे तिरस्कार झेलना पड़ता है। अत: वह निर्णय लेती है। बंकिमचंद्र इस स्थिति को कुछ इस प्रकार लिखते हैं, प्रफुल्ल ने सागर से कहा – *"आज जा रही हूँ बहन! अब इस घर में पैर न रखूँगी। तुम जब अपने पिता के यहाँ जाओगी तो तुमसे वहीं आकर भेंट करूँगी।"*

प्रफुल्ल और उसकी माँ अपने घर लौट आईं। प्रफुल्ल की माँ को बड़ा कष्ट हुआ। उसे ज्वर आ गया। औषधि का प्रबंधन न होने के कारण प्रफुल्ल की माँ का ज्वर बढ़ता गया, फिर भी दोनों समय स्नान चलता रहा। कभी जो रूखा-सूखा खाने को मिलता, वह

खा लेती। अंत में खाट पकड़ ली। ज्वर ने भयंकर रूप धारण कर लिया और अंत में उसका प्राणांत हो गया । पड़ोस के उन्हीं व्यक्तियों ने, जिन्होंने उसकी बदनामी की थी, उसका दाह-संस्कार किया। अब प्रफुल्ल अकेली रह गई।

यहीं से प्रफुल्ल का जीवन नया मोड़ लेता है, और वह निर्भीक, साहसिक, शक्तिसंपन्न, धनी और वैभवशाली स्त्री के रूप में सामने आती है। यह सब उसे डाकुओं के एक सरदार के सहयोग के कारण प्राप्त होता है। इस तरह प्रफुल्ल, देवी चौधरानी बनती है। दूसरी तरफ वह अंग्रेजी हकूमत के लिए एक अपराधिन से ज्यादा कुछ नहीं है। उसे पकड़ने के लिए सरकार साम-दाम-दंड-भेद का सहारा लेती है। मुखबिरों की मुखबिरी के चलते अंग्रेज अधिकारी पूरी सेना लेकर उसके सामने पहुँच भी जाते हैं, किंतु देवी चौधरानी को पहचान नहीं पाते। दरअसल, किसी ने भी देवी चौधरानी को देखा नहीं होता है। हर अध्याय में कथा और कथानक रोचकता पैदा करते हुए आगे बढ़ते हैं, और अंत तक बांधे रखती है। उपन्यास की सरलता और बौध्यगम्यता ही इसे आज भी पाठकों के बीच में लोकप्रिय बनाए हुए है।

संपादिका

– साक्षी पटेल

प्र फुल्ल, अरी प्रफुल्ल!”

“आई माँ! अभी आई।”

माँ ने आवाज दी और बेटी आ गई “क्या है माँ?” बेटी पास आकर बोली।

“घोष के यहाँ से एक बैंगन ले आ।”

“मैं नहीं जाऊँगी। भीख माँगते मुझसे नहीं बनता।”

“तब क्या खाएगी? घर में आज कुछ भी नहीं है।”

“रुखा भात खाऊँगी। नित्य माँगकर में क्यों खाऊँ?”

“अरी गरीबों को माँगने में लज्जा कैसी? अपना भाग्य ही ऐसा है।”

प्रफुल्ल ने कोई उत्तर न दिया, माँ ने फिर कहाँ – “तो तू भात चढ़ा, मैं जाकर ले आती हूँ।”

“तुम्हें मेरी सौगंध माँ! भीख माँगने न जाना। चावल है, नमक है, कच्ची मिर्च है, फिर और हमें क्या चाहिए?”

प्रफुल्ल की माँ मुस्करा दी। वह चावल धोने चली, परंतु हांडी देखकर बोली “चावल भी कहाँ है?”

केवल आधी मुट्ठी चावल थे, जिनसे एक का भी पेट न भरता!

माँ हांडी लेकर चली तो प्रफुल्ल ने पूछा – “कहाँ जा रही हो माँ?”

“थोड़े चावल उधार लेने जा रही हूँ।”

“हम कितने चावल उधार ले चुके हैं माँ? तुम अब उधार न लाओ।”

"तब खाएगी क्या? घर में तो एक पैसा भी नहीं है, जो मोल ले आऊँ।"

"उपवास करूँगी।" दुखी मन से प्रफुल्ल बोली।

"उपवास से कितने दिन जिएगी?"

"मर जाऊँगी और क्या?"

"मेरे मरने पर जो चाहे करना। मैं यह नहीं देख सकती। मैं भीख माँगकर तुझे खिलाऊँगी।"

"भीख माँगना बहुत बुरा है माँ! एक दिन के उपवास से आदमी नहीं मरता। आओ, हम दोनों मिलकर यज्ञोपवीत बनाएं। कल उन्हें बेचकर पैसे ले आऊँगी।"

"सूत कहाँ है?"

"चरखा तो है। मैं अभी कात लेती हूँ।"

"रुई कहाँ है?"

प्रफुल्ल मुंह नीचा करके रो पड़ी।

माँ फिर चावल उधार लाने चली।

प्रफुल्ल माँ के हाथ से हांडी लेकर बोली – "माँ! मैं भीख या उधार माँगकर क्यों खाऊँ? मेरे पास सब कुछ है।"

माँ ने आंसू पोंछकर कहा – "सब कुछ तो है बेटी! पर भाग्य में कहाँ है?"

"भाग्य में क्यों नहीं है माँ? मैंने क्या अपराध किया है, जो ससुर के पास अन्न होते हुए भी मुझे न मिले?"

"तूने इस अभागी के पेट से जन्म लिया यही है तेरा अपराध और तेरा भाग्य।"

"सुनो माँ! मैंने निश्चय कर लिया है कि ससुर का अन्न भाग्य में होगा तो खाऊँगी, अन्यथा न खाऊँगी। तुम चाहो तो यह अन्न खा लो, पर मुझे मेरी ससुराल पहुँचा दो।"

"यह क्या बेटी! क्या ऐसा भी हो सकता है?"

"क्यों नहीं हो सकता माँ?"

"बिना बुलाए ससुराल कैसे भेज दूँ?"

"माँगकर खाया जा सकता है, पर बिना बुलाए ससुराल नहीं जाया जा सकता?"

"वे तो कभी तुम्हारा नाम भी नहीं लेते।"

"वे न लें। इसमें मेरा अपमान नहीं। जिनके ऊपर मेरा भार है, उनसे माँगने में मुझे लज्जा नहीं। अपना माँगने में लज्जा क्या है?"

माँ रोने लगी।

प्रफुल्ल बोली – "तुम्हें अकेली छोड़कर जाने की मेरी इच्छा नहीं है, परंतु मेरा दुःख कम होने पर तुम्हारा भी दुःख कम होगा, इस आशा से जाने की इच्छा है।"

दोनों में बहुत देर तक बातें हुई। माँ ने बेटी का कहना ही ठीक समझा। माँ ने जो चावल बनाए थे, उन्हें वह प्रफुल्ल ने खाना स्वीकार नहीं किया। माँ ने भी नहीं खाएं।

प्रफुल्ल बोली – "समय नष्ट करने से क्या लाभ? रास्ता बहुत लंबा है।"

"आ, तेरे बाल बांध दूँ।"

"नहीं, इन्हें यूं ही रहने दो।"

दोनों मैले कपड़े पहने ही घर से निकल पड़ीं।

वारेंद्रभूम में भूतनाथ नामक एक ग्राम था। वहीं प्रफुल्ल की ससुराल थी। प्रफुल्ल के ससुर हरिवल्लभ बाबू बड़े आदमी थे। उनकी बहुत बड़ी जमींदारी थी। दो मंजिल की बैठक थी। चहारदीवारी से घिरा बाग और तालाब था। यह ग्राम प्रफुल्लमुखी के मायके से छह कोस की दूरी पर था। बिना खाए – पिए माँ – बेटी छह कोस पैदल चलकर तीसरे पहर वहाँ पहुँचीं।

घर में प्रवेश करने को प्रफुल्ल की माँ के पैर नहीं उठ रहे थे। प्रफुल्ल कंगाल की लड़की थी, इसलिए हरिवल्लभ बाबू उससे घृणा करते थे, यह बात नहीं थी। विवाह के पश्चात् एक गड़बड़ी हो गई थी। हरिवल्लभ ने जान – बूझकर यह विवाह किया था। कन्या सुंदर थी, इसीलिए उन्होंने यह संबंध स्वीकार किया था। उधर प्रफुल्ल की माँ ने अपना सब कुछ लगाकर यह विवाह किया था। उस विवाह में ही वह कंगाल हो गई थी। वहाँ तक कि अन्न का भी अभाव हो गया, परंतु भाग्य से फल उल्टा ही हुआ। बरातियों को उसने उत्तम भोजन कराया, परंतु अपने पक्ष वालों को दही चिउड़ा ही दे सकी। इसे पड़ोसियों ने अपना अपमान समझा और वे बिना खाएं ही उठ गए। इससे उन लोगों में मन-मुटाव हो गया। इसका पड़ोसियों ने भयंकर बदला लिया।

रसोई छूने के दिन हरिवल्लभ ने प्रफुल्ल के पड़ोसियों को आमंत्रित किया। उनमें से कोई न गया और कहला दिया कि कुलटा के साथ हरिवल्लभ बाबू ने रिश्तेदारी की है। आपको यह सब शोभा देता है, परंतु हम गरीबों की जाति ही सब कुछ है। हम जातिभ्रष्ट कन्या के हाथ का पानी भी नहीं पी सकते। भरी सभा में यह बात कही गई।

हरिवल्लभ ने सोचा, विवाह के दिन पड़ोसियों का प्रफुल्ल के यहाँ भोजन न करने का यही कारण होगा। वे झूठ क्यों बोलेंगे? हरिवल्लभ ने उनका विश्वास कर लिया। निमंत्रित व्यक्तियों ने नववधु के हाथ का स्पर्श किया हुआ भोजन न ग्रहण किया।

दूसरे दिन हरिवल्लभ ने वधु को उसके मायके भेज दिया, तभी से प्रफुल्ल का ससुराल से संबंध टूट गया। उन्होंने अपने पुत्र का दूसरा विवाह कर दिया। प्रफुल्ल की माँ ने दो-एक बार कुछ सामान भेजा, परंतु हरिवल्लभ ने वह वापस करा दिया। इसी कारण आज उस घर में प्रवेश करते हुए प्रफुल्ल की माँ के पैर कांप रहे थे।

अब यहाँ तक आने के बाद लौटा भी नहीं जा सकता था। दोनों ने साहस करके घर में प्रवेश किया। गृह - स्वामी अंतःपुर में सो रहे थे। प्रफुल्ल की सास अपने बड़े केश चुनवा रही थीं, तभी प्रफुल्ल और उसकी माँ वहाँ पहुचीं। प्रफुल्ल ने घूंघट खींच लिया था। उसकी आयु तब अट्ठारह वर्ष की थी।

गृहिणी ने पूछा – "तुम कौन हो?"

प्रफुल्ल की माँ लंबी सांस छोड़कर बोली – "क्या कहकर परिचय दूँ आपको?"

"क्या परिचय देने में बहुत कुछ बताना होगा?"

"हम लोग तुम्हारे संबंधी है।"

"संबंधी! कैसे संबंधी?"

तारा की माँ एक नौकरानी, यहाँ काम करती थी। वह प्रफुल्ल के घर हो आई थी, वह बोली – "मैं पहचान रही हूँ, समधिन है।"

"समधिन! कैसी समधिन?"

"दुर्गापुर वाली समधिन। तुम्हारे बड़े लड़के की सास।"

"गृहिणी कुछ अप्रसन्न होकर बोली – "बैठो।"

समधिन बैठ गई, जबकि प्रफुल्ल खड़ी रही।

गृहिणी बोली – "यह लड़की कौन है तुम्हारे साथ?"

"आपकी पुत्रवधु है।"

गृहिणी कुछ देर चुप रही, फिर बोली – "तुम लोग यहाँ कहाँ आई थी?"

"आपके पास।"

"क्यों?"

"क्या मेरी बेटी अपनी ससुराल न आती?"

"आती क्यों नहीं? जब बुलाते, तब आती। भले आदमियों के लड़के-लड़की इसी तरह आते हैं।"

"सास – ससुर यदि सात जन्म बुलाने का नाम न लें, तब?"

"यदि नाम न लें तो न आए।"

"तो खिलाए कौन ? मैं अनाथ विधवा तुम्हारी पुत्रवधु को कहाँ से खिलाऊँ ?"

"खिला नहीं सकतीं, तो पैदा क्यों की थी ?"

"तुमने खाने – पहनने का हिसाब लगाकर पेट रखा था तो उसी के साथ लड़के की बहू के खाने-पहनने का हिसाब क्यों नहीं लगाया ?"

"अरे बाप रे! यह औरत तो घर से संग्राम करने को तैयार होकर आई है।"

"नहीं, संग्राम करने नहीं आई हूँ। आपकी बहू अकेली नहीं आ सकती थी, इसलिए पहुँचाने आई हूँ। अब जा रही हूँ।"

इतना कहकर प्रफुल्ल की माँ घर से निकलकर चली गई माँ चली गई, प्रफुल्ल वहीं रही। वह वैसे ही घूंघट निकाले खड़ी रही।

सास बोली – "तुम्हारी माँ गई, तुम भी जाओ।"

प्रफुल्ल हिली तक नहीं। वह प्रस्तर – प्रतिमा के समान अपने स्थान पर चुपचाप खड़ी रही।

"अरे तू जाती क्यों नहीं ? खड़ी कैसे रह गई ? क्या मुसीबत है ?" प्रफुल्ल की सास तेज स्वर में चिल्लाई "फिर तुम्हें पहुँचाने एक आदमी भेजना होगा। अपनी माँ के साथ चली जाओ।"

अब प्रफुल्ल ने घूंघट उठाया। चाँद की तरह उसका मुख खुला। उसकी आंखों से आंसू बह रहे थे।

सास ने मन में सोचा—'आह! ऐसी चाँद – सी बहू लेकर भी मैं गृहस्थी न चला पाई।' उसका मन कुछ नरम हुआ।

प्रफुल्ल अस्फुट स्वर में बोली – "मैं अब जाने के लिए नहीं आई हूँ माँ!"

"मैं क्या करूँ बेटी ? क्या मेरी इच्छा नहीं है कि तुम्हें लेकर गृहस्थी चलाऊँ, परंतु लोग तरह – तरह की बातें कहते हैं। जातिच्युत होने के भय से तुम्हें छोड़ना पड़ा है।"

"माँ। जातिच्युत होने के भय से क्या संतान को त्यागा जाता है ?" प्रफुल्ल आर्द्र स्वर में बोली – "क्या मैं तुम्हारी संतान नहीं हूँ ?"

प्रफुल्ल की बात सुनकर सास का मन और भी नरम हो गया। वह बोली – "मैं क्या करूँ बेटी ?"

प्रफुल्ल बोली – "कुछ भी सही। आपके घर में कितनी ही दासियां हैं। मैं आपके यहाँ दासी बनकर ही रहना चाहती हूँ।"

गृहिणी अब कुछ न कह सकी। वह बोली – "लड़की तो लक्ष्मी है, रूप में भी और बातों में भी। गृह – स्वामी से पुछूं, वे क्या कहते हैं? तुम यहाँ बैठो बेटी?"

प्रफुल्ल बैठ गई, तभी द्वार की ओट से एक चौदह वर्षीय सुंदरी ने जो घूंघट निकाले थी, प्रफुल्ल को बुलाया।

प्रफुल्ल ने सोचा, यह कौन है? वह उठकर उस बालिका के पास चली गई।

गृहिणी ने गृह – स्वामी के कक्ष में प्रवेश किया है। गृह – स्वामी नींद से उठकर हाथ मुंह धो रहे थे। उनका मन प्रसन्न करने के लिए गृहिणी बोली – "तुम्हें किसने जगा दिया? मैंने सबको मना किया, परंतु कोई सुनता ही नहीं।"

"जगाती तो तुम ही हो। आज शायद कुछ काम है। मुझे किसी ने जगाया नहीं। बात क्या है?"

गृहिणी हंसती हुई बोली – "आज एक घटना घटी है, उसे ही कहने आई हूँ।" इस प्रकार भूमिका बांधकर और जरा मटककर गृहिणी ने प्रफुल्ल के आने की बात कही।

बहू के चाँद जैसे मुख और मीठी बातों का स्मरण कर अपनी ओर से भी कुछ कहाँ, परंतु कुछ सफलता न मिली।

गृह-स्वामी क्रुद्ध होकर बोले – "उसका इतना साहस! उसे अभी झाड़ू मारकर घर से निकाल दो।"

"छिः छिः, कैसी बातें कहते हो? कुछ भी हो, है तो वह हमारे लड़के की स्त्री। क्या वह लोगों के कहने से कुलटा हो गई?"

गृहिणी ने बहुत बातें की, परंतु सब व्यर्थ।

'कुलटा को झाड़ू मारकर निकाल दो।' यही आज्ञा अंतिम रही।

अंत में गृहिणी क्रुद्ध होकर बोली – "झांड़ू मारनी है तो तुम्हीं मारो मैं बीच में नहीं पहूँगी।" यह कहकर गृहिणी तेज-तेज कदमों से उस कक्ष से बाहर चली आई।

गृहिणी जहाँ प्रफुल्ल को छोड़ गई थी, वह उसे वहाँ न मिली। प्रफुल्ल को सामने वाले कक्ष में बैठी हुई एक चौदह वर्षीय लड़की ने अपने पास बुला लिया था और प्रफुल्ल के कक्ष में घुसते ही उसने दरवाजा अंदर से बंद कर लिया था।

प्रफुल्ल ने पूछा – "द्वार क्यों बंद कर लिया?"

लड़की धीरे से बोली – "जिससे कोई अंदर आने न पाए। मुझे तुमसे कुछ बातें करनी हैं।"

प्रफुल्ल – तुम्हारा नाम क्या है?

लड़की – मेरा नाम सागर है?

प्रफुल्ल – तुम कौन हो बहन?

सागर – मैं तुम्हारी सौत हूँ!

प्रफुल्ल – तुम मुझे पहचाती हो, क्यों?

सागर – अभी द्वार की ओट से मैंने सब कुछ सुना है।

प्रफुल्ल – तुम्हीं हो उनकी गृहिणी?

सागर – मैं अभागिन गृहिणी कैसे हो सकती हूँ? न मेरे दांत उतने बड़े-बड़े हैं और न मैं उतनी काली ही हूँ।

प्रफुल्ल – किसके दांत बड़े-बड़े हैं?

सागर – जो गृहिणी है, और किसके?

प्रफुल्ल – वह कौन है?

सागर – तुम नहीं जानती? जानती भी कैसे? कभी यहाँ रही ही नहीं। हमारी एक और सौत है।

प्रफुल्ल – मैंने तो अपने अतिरिक्त एक ही विवाह की बात सुनी थी। मैंने सोचा, तुम्हीं होगी बस!

सागर – नहीं, वह तो पहले की है। मेरे विवाह को तो तीन ही वर्ष हुए हैं अभी।

प्रफुल्ल – क्या वह बहुत भद्दी है?

सागर नाक सिकोड़कर घृणित भाव से बोली – "मुझे उसका रूप देखकर उल्टी आती है।"

प्रफुल्ल ने हंसते हुए धीमे स्वर में कहाँ – "इसीलिए शायद तुमसे विवाह हुआ?"

सागर गंभीरता से बोली – "नहीं, किसी से कहना मत, तुम्हें बताती हूँ। मेरे बाप के पास बहुत रुपया है। मैं अपने बाप की अकेली संतान हूँ। उसी रुपये के लिए...।"

प्रफुल्ल स्वीकारात्मक ढंग से सिर हिलाते हुए बोली – "समझी! अब कुछ कहने की आवश्यकता नहीं है। तुम सुंदर हो और वह भद्दी फिर वह उनकी गृहिणी कैसे हुई?"

सागर – मैं अपने बाप की अकेली संतान हूँ। मुझे वह जल्दी से यहाँ भेजते नहीं। मेरे पिता से हमारे ससुर की पटती भी नहीं है, इसलिए मैं यहाँ नहीं रहती। कभी-कभी आती हूँ। दो-चार दिन हुए, आई हूँ। शीघ्र ही चली जाऊँगी।

प्रफुल्ल ने देखा, सागर सरल लड़की थी उससे बोली – "तुमने मुझे क्यों बुलाया?"

सागर – कुछ खाओगी?

प्रफुल्ल – अब क्या खाऊँगी?

सागर – तुम्हारा मुख सूखा है। बहुत दूर से चलकर आई हो। तुम्हें प्यास लगी होगी। किसी ने भी तुमसे खाने को नहीं पूछा, इसीलिए मैंने तुम्हें बुलाया है।

प्रफुल्ल ने कुछ भी न खाया और न पिया था। प्यास से उसके होंठ सूख रहे थे। वह अनुरोध करते हुए बोली – "सासू माँ ससुरजी के पास गई हैं। मुझे उनका फैसला सुनना है। मेरे भाग्य में क्या है, यह जाने बिना मैं यहाँ का कुछ न खाऊँगी?"

सागर प्रफुल्ल को समझाते हुए बोली – "नहीं-नहीं, तुम्हें इन लोगों का कुछ भी खाने की बिलकुल आवश्यकता नहीं है। खाने के लिए मेरे मायके का है।"

यह कहकर सागर भोजन की कुछ सामग्री लाकर प्रफुल्ल के मुंह में ठूंसने लगी।

प्रफुल्ल को कुछ खाना ही पड़ा। सागर ने ठंडा पानी दिया। उसे पीकर प्रफुल्ल कुछ स्वस्थ हुई। वह बोली – "मैं तो स्वस्थ हुई, परंतु मेरी माँ बिना खाए मर जाएगी।"

सागर ने पूछा – "तुम्हारी माँ कहाँ गई?"

प्रफुल्ल अनभिज्ञता प्रकट करते हुए बोली – "मैं क्या जानू? शायद कहीं बाहर खड़ी होंगी।"

सागर – एक काम करूं!

प्रफुल्ल – क्या?

सागर – ठकुरानी को उनके पास भेजूं।

प्रफुल्ल – ठकुरानी कौन हैं?

सागर – ठाकुर की बुआ। वे यहीं रहती है।

प्रफुल्ल – वे क्या करेंगी?

सागर – तुम्हारी माँ को कुछ खिलाएंगी।

प्रफुल्ल – माँ यहाँ का कुछ भी न खाएंगी?

सागर – धत्, किसी ब्राह्मण के घर तो खाएंगी।

प्रफुल्ल – जो इच्छा हो, करो। माँ का कष्ट सहा नहीं जाता।

सागर ने ब्रह्म ठकुरानी को सब समझाया। वह बोली – "हाँ बेटी! गृहस्थ के घर से कोई भूखा कैसे जा सकता है?" वह उन्हें खोजने चली।

प्रफुल्ल बोली – "पहले जो बातें कर रही थी, वही करो बहन!"

सागर – बातें क्या हैं? मैं यहाँ नहीं रहती। रह भी न पाऊँगी। मेरा भाग्य तो मिट्टी के आम जैसा है। देवता का भोग कभी नहीं बनूंगी, तुम आई हो तो जैसे भी हो, रहो। मैं उस चुड़ैल को देख भी नहीं सकती।

प्रफुल्ल – मैं तो रहने ही आई हूँ रहने पाऊँ तब तो?

सागर – देखो, ससुर की आज्ञा न भी हो, तब भी तुम चली न जाना।

प्रफुल्ल – जाऊँगी नहीं तो क्या करूँगी? किसलिए रहूँगी? रहूँ तो यदि...।

सागर – यदि क्या?

प्रफुल्ल – यदि तुम मेरा जन्म सार्थक करा सको।

सागर – वह कैसे होगा बहन?

प्रफुल्ल थोड़ा हंसी, परंतु तुरंत ही उसकी आंखों से आंसू गिरने लगे। वह बोली – "नहीं समझी बहन?"

सागर तब समझी। वह कुछ सोचकर बोली – "संध्या के बाद इसी कोठरी में आकर बैठना। दिन में तो दर्शन मिलना कठिन है।"

प्रफुल्ल बोली – "पहले अपना भविष्य जानूं, तब तुमसे भेंट करूँगी। भाग्य में जो कुछ भी हो, एक बार उनसे भेंट करके जाऊँगी। वे क्या कहते हैं, यह भी सुनकर जाऊँगी।" इतना कहकर प्रफुल्ल बाहर आई।

सास उसे खोज रही थी। प्रफुल्ल को देखकर सास ने पूछा – कहाँ गई थी बेटी?"

प्रफुल्ल – घर-द्वार देख रही थी।

गृहिणी – तुम्हारा ही घर – द्वार है बेटी! पर क्या करूँ, तुम्हारे ससुर किसी भी प्रकार राजी नहीं हो रहे हैं।

यह सुनकर प्रफुल्ल पर वज्रपात हुआ। वह माथे पर हाथ रखकर बैठ गई। रोई नहीं, चुप रही सास को उस पर दया आई। उसने मन में सोचा 'एक बार और प्रयत्न करके देखूं।' वह बोली – "अब कहाँ जाएगी? आज यहीं रह, सवेरे देखा जाएगा।"

प्रफुल्ल बोली – "वह तो रहूँगी, परंतु एक बात ससुरजी से पूछना। मेरी माँ चरखा कातकर पेट भरती है। उससे एक आदमी का भी पूरा नहीं पड़ता है। आप पूछना, मैं क्या काम करके खाऊँ? मैं नीच होऊँ, तुच्छ होऊ, हूँ तो फिर भी उनकी पुत्रवधु उनकी पुत्रवधु कैसे दिन बिताए?"

सास बोली – "अवश्य पूछूंगी?"

प्रफुल्ल उठकर खड़ी हो गई।

संध्याकाल उसी कोठरी में सागर और प्रफुल्ल आपस में बात कर रही थी कि तभी किसी ने द्वार खटखटाया।

सागर बोली – "कौन है?"

"मैं हूँ।"

सागर ने प्रफुल्ल का हाथ दबाकर धीरे से कहा – "बोलना नहीं, वही चुड़ैल आई है।"

प्रफुल्ल – सौत?

सागर – हाँ, चुप।

"कोठरी में कौन है? बोलती क्यों नहीं सागर बहू?"

सागर – तुम कौन हो? नाइन हो क्या?

"अरी मर! मैं क्या नाइन हूँ?"

सागर – फिर कौन हो?

"तेरी सौत! सौत! नयन बहू।"

बहू का नाम नयनतारा था। लोग उसे नयन बहू कहकर पुकारते थे और सागर को सागर बहू।

सागर बोली – "कौन, दीदी! भला तुम क्यों नाइन जैसी होने लगी? वह तो गोरी है।"

नयनतारा – अरी मर भी! मैं क्या उससे भी काली हूँ? सौत ऐसी ही होती है। अभी चौदह वर्ष की ही है ना?

सागर – चौदह वर्ष से क्या हुआ? तुम तो सत्रह की हो। तुमसे अधिक मेरा रूप भी है और यौवन भी।

नयनतारा – रूप-यौवन को बाप के घर बैठकर चाटना। मैं तुझसे एक बात पूछने आई हूँ।

सागर – क्या बात दीदी?

नयनतारा – बात क्या कहूँ, तूने तो द्वार ही नहीं खोला। संध्या से ही द्वार बंद करके बैठ गई।

सागर – मैं छिपकर संदेश खा रही थी। क्या तुम नहीं खाती?

नयनतारा – खा-खा। मैं पूछती थी कि एक और बढोतरी हुई है क्या?

सागर – और एक क्या? पति?

नयनतारा – अरी नहीं! ऐसा भी क्या कभी होता है?

सागर – होता, तो बहुत अच्छा होता। नया तुम्हें देकर इन्हें अपने साथ ले जाती।

नयनतारा – अरी, ऐसी बात जबान पर भी न लाना।

सागर – और मन में, क्यों?

नयनतारा – जो मन में आएँ, मुझे कह ले?

सागर – साफ – साफ नहीं कहती तो क्या उत्तर दूँ बहन?

नयनतारा – एक और बहू आई है क्या?

सागर – कौन बहू? किसकी बहू?

नयनतारा – वही बहू, मैं जानती हूँ।

सागर – मैंने तो नहीं सुना।

नयनतारा – वह कुलटा।

सागर – मैंने वह भी नहीं सुना।

नयनतारा – हमारी एक कुलटा सौत और है, सुना नहीं तूने?

सागर – नहीं तो।

नयनतारा – वह जो पहला विवाह हुआ था।

सागर – परंतु वह तो ब्राह्मण की लड़की है।

नयनतारा – ब्राह्मणी होती तो उसके साथ गृहस्थी न चलती?

सागर – अगर पति तुम्हें विदा करके मेरे साथ गृहस्थी चलाए, तो क्या तुम कुलटा हो जाओगी?

नयनतारा – तू मुझे गाली क्यों देती है री?

सागर – तो तुम किसी को गाली क्यों देती हो जी?

नयनतारा – अच्छा, मैं जाकर ठकुरानीजी से कहती हूँ। तू बड़े आदमी की लड़की है, इसलिए मुझे मनमानी कहती है।

यह कहकर नयनतारा लौट गई।

सागर बोली – "दीदी, लौट आओ, द्वार खोलती हूँ।"

नयनतारा बहुत क्रुद्ध थी, परंतु यह देखने के लिए कि सागर ने कितने संदेश खाएं हैं, लौट पड़ी, पर कोठरी में प्रवेश कर प्रफुल्ल को देखकर बोली – "यह कौन है री?"

सागर – प्रफुल्ल।

नयनतारा – प्रफुल्ल कौन?

सागर – कुलटा बहू।

नयनतारा – अरे! यह तो बड़ी सुंदर है।

सागर – परंतु तुमसे अधिक नहीं है।

नयनतारा – चुप, तंग न कर। हाँ, तुझसे अधिक वास्तव में नहीं है।

एक प्रहर रात्रि व्यतीत होने पर गृह – स्वामी भोजन करने आए। गृहिणी भोजन कराने बैठी।

गृह-स्वामी ने पूछा – "क्या कुलटा बहू चली गई या अभी यहीं पर है?"

गृहिणी बोली – "रात को कहाँ जाती? क्या रात को मैं अपनी अतिथि बहु को भगा देती?"

गृह-स्वामी – अतिथि को अतिथिशाला में जाना चाहिए?

गृहिणी – मैंने कह दिया, मैं न भगा सकूंगी। भगाना हो तो तुम्ही भगाओ, परंतु बहू है बहुत सुंदर।

गृह-स्वामी – सुंदर भी कुलटा ही होती है। खैर, मैं ही भगा दूँगा। ब्रज को बुलाओ।'

एक नौकरानी ब्रजेश्वर को बुला लाई। सुंदर युवक था। वह पिता के पास विनीत भाव से आया।

हरिवल्लभ बोले – "तुम्हारी तीन शादियां हुई हैं, जानते हो? प्रथम विवाह एक बाग्दी (छोटी जाति) की लड़की से हुआ था? फिर भी वह आज आई है। मैंने तुम्हारी माँ से कहा, उसे झाड़ मारकर बाहर कर दो, परंतु औरतें औरतो पर हाथ नहीं उठा सकती? यह तुम्हारा काम है और कोई उसे स्पर्श नहीं कर सकता। तुम रात को उसे झाड़ू मारकर घर से निकाल देना, नहीं तो मुझे चैन न पड़ेगी।"

गृहिणी बोली – "नहीं बेटा! स्त्री पर हाथ न उठाना। पिता की बात माननी पड़ेगी तो क्या माँ की बात न सुनेगा? खैर, जो भी हो, भली तरह विदा करना।"

ब्रज पिता से 'जो आज्ञा' और माँ से 'अच्छा' कहकर खड़ा रहा, तभी गृहिणी ने अपने पति से पूछा "तुम जो बहू को निकाल रहे हो, तो वह खाएगी क्या?"

गृह-स्वामी जो चाहे करे – चोरी, डकैती, भीख माँगे, मुझे क्या?

गृहिणी ब्रजेश्वर से बोली – "सुना तूने। बहू से यह बात भी कह देना, उसने पूछा है। इससे तुम्हारे पिता की नाक रह जाएगी।"

ब्रजेश्वर यहाँ से वहाँ ठकुरानी के पास पहुँचा। वह माला जप रही थी।

ब्रजेश्वर बोला – "दादी!"

ठकुरानी – क्या है भाई?

ब्रजेश्वर – आज एक नई खबर है?

ठकुरानी – नई खबर? सागर ने मेरा चरखा तोड़ दिया? वह अभी बच्ची है, तोड़ देने दो। उसे चरखा कातने का शौक तो हुआ।

ब्रजेश्वर – यह नहीं। मैं कहता हूँ, आज....!

ठकुरानी – सागर से कुछ न कहना। तुम सुखी रहो। मुझे नर्तकी की क्या कमी है?

ब्रजेश्वर – तुम मेरी बात भी सुनोगी या अपनी ही कहती रहोगी।

ठकुरानी – मैं बूढ़ी हूँ, कब तक जीऊँगी, खैर जाने दो...।

ब्रजेश्वर – मेरी बात सुनो, नहीं तो तुम्हारे सब चरखे तोड़ दूँगा।

ठकुरानी – क्या? तो चरखे की बात नहीं है क्या?

ब्रजेश्वर – नहीं, मेरी दो ब्राह्मणी हैं, जानती हो ना?

ठकुरानी – ब्राह्मणी! जैसी नयन बहू है, वैसी ही सागर बहू है। मैं और कहानी कहाँ से कहूँ।

ब्रजेश्वर – अरे कहानी रहने दो...।

ठकुरानी – तुमने तो कह दिया – रहने दो, पर वे कहाँ छोड़ती है। वह कबूतर – कबूतरी की कहानी जानते हो। लो, कहानी सुनो। एक पेड़ पर एक कबूतर-कबूतरी रहते थे...।

ब्रजेश्वर – दादी! क्या करती हो तुम? मेरी बात सुनो।

ठकुरानी – तुम्हारी बात क्या है? तुम कहानी सुनने आए हो ना! तुम लोगों को कोई और काम तो है नहीं।

ब्रजेश्वर ने सोचा, बुढ़िया को पता नहीं कब प्रभु की प्राप्ति होगी। वह बोला – "मेरी दो ब्राह्मणी हैं और एक बाग्दिन! वह बाग्दिन आज यहाँ आई है?"

ठकुरानी – राम-राम, बाग्दिन क्यों? वह तो ब्राह्मण की लड़की है।

ब्रजेश्वर – आई है न वह?

ठकुरानी – हाँ, आई क्यों नहीं है?

ब्रजेश्वर – वह कहाँ है? मैं उससे भेंट करूँगा।

ठकुरानी – भेंट कराकर मैं तुम्हारे माँ – बाप की बुरी क्यों बनूं? तुम कबूतर-कबूतरी की कहानी सुनो।

ब्रजेश्वर – भेंट की बात नहीं है। मुझसे माँ-बाप ने उसे भगा देने को कहा है। भेंट हुए बिना उसे कैसे भगाऊँ? इसीलिए तुम्हारे पास आया हूँ।

ठकुरानी – भाई मैं बुढ़िया कृष्ण नाम पाती हूँ। कहानी सुनो तो कह सकती हूँ। मैं न बाग्दी को जानूं, न ब्राह्मणी को।

ब्रजेश्वर – हाय! तुम्हें कब डाकू उठाकर ले जाएंगे?

ठकुरानी – ऐसी बात न कह। डाकू बड़े भयानक होते हैं – भेंट करेगा?

ब्रजेश्वर – तो क्या मैं तुम्हारी माला देखने आया हूँ?

ठकुरानी – तो सागर बहू के पास जा।

ब्रजेश्वर – सौत सौत से मिलने देगी?

ठकुरानी – जा, सागर ने तुझे बुलाया है। कोठरी में बैठी है। ऐसी लड़किया बहुत नहीं है।

ब्रजेश्वर ब्रह्म ठकुरानी के यहाँ से सीधा सागर के ऊपर वाले कमरे में गया। वहाँ सागर के स्थान पर प्रफुल्ल बैठी थी। ब्रज ने अनुमान से समझा कि यह वही स्त्री थी।

ब्रजेश्वर संकट में पड़ गया। दोनों का स्त्री-पुरुष, एक दूसरे के अधीन का संबंध था। यह सभी संबंधों में घनिष्ठतर होता है। उन्होंने एक दूसरे को कभी देखा न था। अब कैसे बातें शुरू करें और पहले कौन बोले, जबकि उनमें से एक दूसरे को धक्का देकर घर से बाहर करने और दूसरा धक्का खाने के लिए आया था।

पहले दोनों में से किसी ने कुछ न कहा। अंत में प्रफुल्ल ने तनिक मुस्कराकर ब्रजेश्वर के चरणों पर प्रणाम किया।

ब्रजेश्वर ने प्रणाम स्वीकार कर प्रफुल्ल की बांह पकड़कर उसे ऊपर उठा लिया और पलंग पर बैठाकर स्वयं उसके निकट बैठ गया।

प्रफुल्ल के मुख का घूंघट बैठते समय हट गया। ब्रजेश्वर ने देखा, वह रो रही थी। ब्रजेश्वर ने बिना समझे बूझे ही प्यार से प्रफुल्ल का मुख चूम लिया, तभी द्वार के अंदर से एक मुख दिखाई दिया। मुख हंस रहा था। ब्रजेश्वर ने उधर घूमकर देखा, वह सागर थी। सागर ने स्वामी को एक ताला, एक चाबी दिखाए।

सागर पति से अधिक बातें न करती थी। ब्रज कुछ समझे नहीं। सागर द्वार खींचकर ताला लगाकर भाग गई।

ब्रजेश्वर बोले – "सागर क्या करती हो?" परंतु वह जा चुकी थी। वह ब्रह्म ठकुरानी के घर पहुँची।

ब्रह्म ठकुरानी – क्या हुआ सागर बहू? तुम आज यहाँ क्यों सोने आई हो?

सागर चुप रही।

ठकुरानी – तुम्हें ब्रज ने भगा दिया है क्या?

सागर – न भगाते तो तुम्हारे पास क्यों आती? आज में यहीं सोऊँगी।

ठकुरानी – अच्छा सो जाना। अभी वह खुद तुझे बुलाने आएगा। आहा! तेरे दादा भी इसी तरह मुझे भगा दिया करते थे और फिर तुरंत बुलाने आते थे। मैं क्रोध में नहीं जाती थी, फिर रह भी नहीं सकती थी। एक दिन क्या हुआ कि…।

सागर – दादी एक कहानी कहो।

ठकुरानी – कौन – सी कहूँ, कबूतर-कबूतरी की? अकेली सुनेगी? वह नई बहू कहाँ है? उसे भी बुला ला। दोनों सुनना।

सागर – वह पता नहीं कहा है। मैं उसे कहाँ खोजने जाऊँगी? मैं अकेले ही सुनूंगी।

ब्रह्म ठकुरानी कहानी कहने लगी। सागर सो गई। ठकुरानी कुछ देर कहानी कहती रहीं, फिर सागर के सो जाने पर वह भी सो गई।

अगले दिन सवेरे सागर ने ताला खोला। ताला खोलकर वह चुपचाप फिर ठकुरानी का टूटा चरखा लेकर बुढ़िया के कान के पास चलाने लगी।

ताला खुलने का स्वर सुनकर प्रफुल्ल उठ खड़ी हुई, बोली – "सागर ताला खोल गई, अब मैं जाती हूँ। स्त्री न समझो तो दासी समझकर ही याद रखना।"

ब्रजेश्वर – अभी मत जाना, मैं एक बार पिताजी से बातें कर लूं।

प्रफुल्ल – क्या वे अपनी राय बदल देंगे?

ब्रजेश्वर – न बदलें, मुझे अपना कर्तव्य पूरा करना ही होगा? अकारण तुम्हारा त्याग करने से मुझे पाप लगता है।

प्रफुल्ल – तुमने तो मेरा त्याग नहीं किया। तुमने तो ग्रहण ही किया है। मुझे अपनी शैया पर स्थान दिया, यही मेरे लिए सब कुछ है। मैं प्रार्थना करती हूँ कि मुझ दुखिया के लिए पिता से विवाद न करना। इससे मुझे सुख प्राप्त न होगा।

ब्रजेश्वर – फिर भी तुम्हारे भरण – पोषण का प्रबंध तो उन्हें करना ही चाहिए।

प्रफुल्ल – जब उन्होंने मुझे त्याग दिया तो मैं उनसे भिक्षा न लूंगी। तुम्हारा निजी कुछ हो तो मैं ले सकती हूँ।

ब्रजेश्वर – मेरे पास तो कुछ भी नहीं है। केवल यह अंगूठी है। इसे ले जाओ और बेचकर अपना काम चलाना। मैं कुछ कमाने की चेष्टा करूँगा। मैं तुम्हारे भरण – पोषण का वचन देता हूँ।

ब्रजेश्वर ने अंगूठी प्रफुल्ल को दे दी।

प्रफुल्ल ने अंगूठी पहनकर पूछा – "यदि तुम मुझे भूल गए, तब?"

ब्रजेश्वर – मैं अन्य सबको भूल सकता हूँ, तुम्हें कभी न भूलूंगा?

प्रफुल्ल – आज के बाद यदि पहचान न सके तो?

ब्रजेश्वर – यह मुख मुझसे कभी न भूला जा सकेगा।

प्रफुल्ल – मैं यह अंगूठी कभी भी नहीं बेचूंगी। भूखी मर जाऊँगी, तब भी नहीं। जब तुम मुझे न पहचानोगे, तब तुम्हें यह अंगूठी दिखाऊँगी। इस पर क्या लिखा है?

ब्रजेश्वर – मेरा नाम।

दोनों रोते – रोते एक – दूसरे से विदा हुए।

नीचे आने पर प्रफुल्ल की भेंट सागर और नयन से हुई।

नयनतारा बोली – "दीदी कल रात कहाँ सोई?"

प्रफुल्ल – तीर्थ करके क्या कोई मुंह से कहता फिरता है?

नयनतारा – तुम्हारा मतलब?

सागर बोली – "समझी नहीं? कल यह मुझे भगाकर लक्ष्मी बन बैठी और देखती हो, उन्होंने इन्हें उपहार में यह अंगूठी दी है।"

अंगूठी देखकर नयन ईर्ष्या से जल उठी। वह बोली – "दीदी! ससुर ने तुम्हारे प्रश्न का क्या उत्तर दिया; जानती हो?"

प्रफुल्ल ब्रजेश्वर से आदर पाकर यह बात भूल गई थी। उसने पूछा – "किस प्रश्न का उत्तर?"

नयनतारा – तुमने पूछा था ना तुम कैसे खाओगी? उन्होंने कहा है कि चोरी, डकैती करके खाने को कह दो।

प्रफुल्ल – देखा जाएगा।

यह कहकर प्रफुल्ल विदा हुई। बिना किसी से बात किए प्रफुल्ल चल दी। सागर द्वार तक उसके पीछे – पीछे गई।

द्वार पर पहुँचकर प्रफुल्ल ने सागर से कहा – "आज जा रही हूँ बहन! अब इस घर में पैर न रखूंगी तुम जब अपने पिता के यहाँ जाओगी तो तुमसे वहीं आकर भेंट करूँगी।"

सागर – तुम मेरे पिता का घर जानती हो?

प्रफुल्ल – जान लूंगी?

सागर – तुम वहाँ आओगी?

प्रफुल्ल – मुझे अब लज्जा किसकी है?

सागर – तुम्हारी माँ तुमसे मिलने को खड़ी है।

बगीचे के बाहर प्रफुल्ल की माँ खड़ी थी। प्रफुल्ल उसके पास चली गई।

प्रफुल्ल और उसकी माँ अपने घर पर लौट गईं। प्रफुल्ल की माँ को बड़ा कष्ट हुआ। उसे ज्वर आ गया।

औषधि का उचित प्रबंध न होने के कारण प्रफुल्ल की माँ का ज्वर बढ़ता ही गया, फिर भी दोनों समय स्नान चलता रहा। कभी जो रूखा-सूखा खाने को मिलता, वह खा लेती। अंत में खाट पकड़ ली। ज्वर ने भयंकर रूप धारण कर लिया और अंत में उसका प्राणांत हो गया। पड़ोस के उन्हीं व्यक्तियों ने जिन्होंने उसकी बदनामी की थी, उसका दाह संस्कार किया।

अब प्रफुल्ल अकेली रह गई। लोगों ने कहा – "तुम्हें अपनी माँ का श्राद्ध करना होगा।"

प्रफुल्ल बोली – "इच्छा तो है, परंतु रुपया नहीं है।"

मुहल्ले वाले बोले – "तुम उसकी चिंता न करो, हम सब कर लेंगे। "श्राद्ध की तैयारी हुई।

एक पड़ोसी बोला – "मैं सोच रहा था कि श्राद्ध में तुम्हारे ससुर को भी बुलाया जाए।"

प्रफुल्ल ने कहा – "कौन बुलाने जाएगा ?"

एक – दो प्रतिष्ठित व्यक्ति प्रफुल्ल के ससुर हरिवल्लभ को बुलाने के लिए अग्रसर हुए।

प्रफुल्ल बोली – "तुम्हीं लोगों ने तो झूठी बात कहकर मेरा वह घर छुड़वाया था और तुम ही अब उन्हें बुलाने जाओगे। आखिर क्या मुँह लेकर तुम उन्हें बुलाने जाओगे ?"

वे बोले – "वह अब भूल जाओ। हम लोग सब ठीक कर लेंगे। अब तुम अनाथ हो। तुम्हारे साथ हमारी कोई शत्रुता नहीं है।"

प्रफुल्ल उद्यत हो गई। वे दोनों हरिवल्लभ को निमंत्रण देने गए।

हरिवल्लभ बोले – "क्यों ठाकुर! तुम्हीं लोगों ने तो समधिन को जातिच्युत किया था। अब तुम्हीं मुझे बुलाने आए हो?"

"ब्राह्मण! आप भी क्या बात करते हैं? अरे पड़ोसियों में तो ऐसा झगड़ा चलता ही रहता है। उस बात में क्या कोई तथ्य था?"

हरिवल्लभ ने सोचा – "यह सब धोखा है। इन लोगों ने उस लड़की से कुछ रुपया खाया है, परंतु उसने रुपया पाया कहाँ से?"

हरिवल्लभ ने निमंत्रण की बात पर ध्यान नहीं दिया। उनका हृदय प्रफुल्ल की ओर से और भी कठोर हो गया।

पड़ोसी हारकर लौट गए।

प्रफुल्ल ने यथारीति श्राद्ध करके पड़ोसियों की सहायता से ब्राह्मणी के भोजन का प्रबंध किया।

ब्रजेश्वर ने यह सुनकर सोचा, एक रात के लिए छिपकर वहाँ जाए और प्रफुल्ल को देखकर रातोरात लौट आए।

फूलमणि नाइन का घर प्रफुल्ल के घर के ही पास था। माँ की मृत्यु के बाद फूलमणि से प्रफुल्ल ने अपने घर सोने को कहा।

फूलमणि विधवा थी। उस पर प्रफुल्ल की माँ के उपकार भी थे। फूलमणि ने प्रफुल्ल का कहना स्वीकार कर लिया। प्रफुल्ल की माँ के मरने के दिन से ही फूलमणि रात को प्रफुल्ल के पास सोने लगी।

फूलमणि के चाल – चलन को प्रफुल्ल नहीं जानती थी। फूलमणि प्रफुल्ल से दस वर्ष बड़ी थी। वह देखने – सुनने में बुरी न थी, परंतु कपड़े – लत्ते जरा चटक मटक के पहनती थी। निम्न श्रेणी की स्त्री और फिर बाल विधवा, तो चरित्र शुद्ध नहीं रख सकी।

प्राण चौधरी गांव के जमींदार थे। उनका कारिंदा दुर्लभ चक्रवर्ती गांव में कचहरी करता था। फूलमणि पर उनकी विशेष कृपा थी। यह सब प्रफुल्ल ने न सुना हो, तो बात नहीं, परंतु और कौन अपना घर – द्वार छोड़कर उसके पास आकर सोता।

प्रफुल्ल ने सोचा – "वह अच्छी हो या बुरी, मैं बुरी नहीं हूँ तो कोई मेरा क्या कर लेगा?"

श्राद्ध के दूसरे दिन फूलमणि कुछ देर से आ रही थी। रास्ते में एक आम की बगिया थी। फूलमणि ने पेड़ के नीचे एक पुरुष खड़ा हुआ देखा। वह दुर्लभ था। चक्रवर्ती महाशय ने फूलमणि से पूछा – "क्यों, आज कैसा रहेगा?"

"हाँ, आज ही ठीक है। तुम दो प्रहर रात गए पालकी लेकर आना। द्वार पर धीरे से दस्तक देना। मैं द्वार खोल दूँगी, परंतु देखना, गोल – माल न होने पाए।"

दुर्लभ – तुम डरो मत। वह शोर तो नहीं करेगी?

फूलमणि – मैं धीरे से द्वार खोल दूँगी। उसके सोते ही मैं उसका मुंह कपड़े से बांध दूँगी, फिर कैसे चिल्लाएगी?

दुर्लभ – इस प्रकार ले जाने से कितने दिन रहेगी?

फूलमणि – एक बार ले जाने पर सब ठीक हो जाएगा। जिसका कोई है नहीं, जिसको अन्न के भी लाले हैं, वह खाने को पाएगी, कपड़ा पाएगी, रुपया पाएगी, सुहाग पाएगी तो रहेगी क्यों नहीं? यह जिम्मा मेरा रहा। मुझे रुपये और गहने मिलने चाहिए।

दुर्लभ 'हाँ' करके चला गया।

इसके बाद फूलमणि प्रफुल्ल के यहाँ गई। प्रफुल्ल को इस सर्वनाश की खबर न थी।

वह अपनी माँ के विषय में सोचती – सोचती सो गई।

दो प्रहर रात गए दुर्लभ ने द्वार पर दस्तक दी। फूलमणि ने द्वार खोल दिया। दुर्लभ ने प्रफुल्ल का मुंह बांधकर उसे पालकी में डाल दिया। कहार पालकी उठाकर प्राण बाबू के बिहार – मंदिर की ओर चल पड़े।

आधे घंटे के पश्चात् ब्रजेश्वर वहाँ प्रफुल्ल को खोजने पहुँचा। वह सबसे छिपकर रात में आया था। उसे वहाँ कोई न मिला। लाचार होकर वह लौट गया।

प्रफुल्ल की पालकी के कहार डाकुओं के भय से चुप थे। शोर – गुल के भय से पालकी के साथ अधिक लोग नहीं थे, केवल दुर्लभ और फूलमणि ही थे।

मार्ग में बड़ा भारी जंगल था। कहारों को सामने दो आदमी दिखाई दिए। कहारों को लगा मानो साक्षात् यम चले आ रहे थे।

एक बोला – "मुझे संदेह है कि ये दोनों डाकू हैं?"

दूसरा बोला – "रात में क्या भले आदमी घूमते हैं?"

तीसरा बोला – "आदमी बलवान मालूम देते हैं।"

चौथा बोला – "उनके हाथों में शायद लाठियां भी हैं?"

पहला बोला – "चक्रवर्ती महाशय क्या कहते हैं? पांव नहीं उठते। डाकुओं के हाथों आज जान गई।"

चक्रवर्ती बोला – "वही तो! मैं जिस बात से डर रहा था, वही हुआ।"

उन दोनों व्यक्तियों ने आवाज दी – "कौन है रे?"

कहार पालकी छोड़कर 'बाप रे' कहकर जंगल में भागे। दुर्लभ चक्रवर्ती भी भागा।

फूलमणि बोली – "मुझे छोड़कर कहाँ जाते हो?" वह चिल्लाती हुई उनके पीछे दौड़ी।

जिन दो व्यक्तियों से ये डरकर भागे थे, वे दीनाजपुर की कचहरी में नौकरी की खोज में जा रहे थे। सवेरा निकट देखकर वे चल पड़े थे। कहारों को भागते देखकर वे खूब हंसे और फिर अपने रास्ते पर चले गए, परंतु कहारों और चक्रवर्ती महाशय या फूलमणि ने वापस मुड़कर नहीं देखा।

प्रफुल्ल ने पहले ही अपने हाथ - मुंह खोल लिए थे। प्रफुल्ल कुछ देर हत्बुद्धि रही, परंतु फिर उसने सोचा कि बिना साहस के काम न चलेगा। उसने धीरे-धीरे पालकी का द्वार खोला देखा, दो आदमी आ रहे थे, फिर वे चले गए, तब प्रफुल्ल बाहर निकली। उसने देखा, वहाँ कोई नहीं था।

प्रफुल्ल ने सोचा कि उसका अपहरण करके ले जाने वाले वहाँ लौटेंगे, इसलिए उसे जंगल में छिप जाना चाहिए। सवेरा होने पर जो होगा देखा जाएगा। यह सोचकर वह जंगल में जा घुसी और कुछ देर में सवेरा हो गया। सवेरा होने पर प्रफुल्ल जंगल में इधर-उधर घूमने लगी। उसने देखा, वहाँ एक पगडंडी थी। प्रफुल्ल पगडंडी पर चल पड़ी।

पगडंडी पर प्रफुल्ल काफी दूर निकल गई, परंतु ग्राम का कोई चिह्न नहीं मिला, फिर पगडंडी भी लुप्त हो गई। आगे रास्ता नहीं था। चलते-चलते प्रफुल्ल ने देखा कि घोर जंगल में एक खंडहर था। प्रफुल्ल ने ईंटों के ढेर पर चढ़कर देखा, वहाँ दो-एक कोठरियां भी थीं। उसने सोचा, शायद वहाँ कोई मनुष्य हो।

प्रफुल्ल ने खंडहर में प्रवेश किया, तो द्वार खुला था। प्रफुल्ल ने किसी वृद्ध के कराहने का स्वर सुना। प्रफुल्ल उसके पास गई। वृद्ध के होंठ सूखे थे और आंखें गड्ढों में धंस गई थीं।

वृद्ध ने पूछा – "तुम कौन हो बेटी? क्या कोई देवी हो तुम? मृत्यु के समय मेरा उद्धार करने आई हो?"

प्रफुल्ल बोली – "मैं अनाथ हूँ। रास्ता भूलकर इधर आ निकली हूँ देखती हूँ, तुम भी अनाथ हो क्या मैं तुम्हारी कुछ सहायता कर सकती हूँ?"

वृद्ध बोला – "बहुत सहायता कर सकती हो बेटी! मुरली वाले की जय। थोड़ा पानी पिलाओ बेटी!"

प्रफुल्ल ने थोड़ा पानी लाकर वृद्ध को पिलाया।

वृद्ध पानी पीकर कुछ स्वस्थ हुआ। जंगल में वृद्ध को देखकर प्रफुल्ल को बड़ा कौतूहल हुआ। वह अधिक बोल नहीं सकता था, इसलिए वह उसका परिचय न पा सकी।

वृद्ध ने फिर भी धीरे-धीरे बताया कि वह वृद्ध वैष्णव था और उसका अन्य कोई नही था। एक वैष्णवी थी, जो उसे मरता देख उसका सब कुछ लेकर चंपत हो गई। उसने प्रफुल्ल से प्रार्थना की कि उसके मरने पर उसे घसीटकर समाधि में डाल देना।

प्रफुल्ल ने स्वीकार कर लिया, तब वृद्ध बोला – "यहाँ मेरा कुछ रुपया गड़ा है। उसे वैष्णवी नहीं जानती थी। जानती होती तो उसे भी ले जाती। यह रुपया यदि बिना किसी को दिए मर जाऊँगा तो मेरी आत्मा यहीं मंडराती रहेगी और मेरी मुक्ति न होगी। यह रुपया वैष्णवी को ही देता, परंतु वह दुष्ट स्त्री भाग गई। अब वह तुम्हें दिए जाता हूँ। बिछावन के नीचे एक तख्ता है, उसे उठाना। उसके नीचे एक सुरंग मिलेगी। सीढ़ी से नीचे उतरना, डरना नहीं, रोशनी ले जाना। नीचे एक कोठरी है। उसके मध्य भाग में तुम्हें रुपया मिलेगा।"

प्रफुल्ल वृद्ध की सेवा करती रही। वृद्ध बोला – "गौशाला में एक गाय है। दूध दुह सको तो दुह लाओ।"

प्रफुल्ल ने वही किया, जो वृद्ध ने उससे कहा।

तीसरे प्रहर वृद्ध का प्राणांत हो गया। प्रफुल्ल ने उसे ले जाकर समाधि में लिटा दिया और ऊपर से मिट्टी डाल दी, फिर पास के कुएं पर स्नान कर आधी धोती पहनी और आधी सुखा ली। इसके बाद वह फरसा – कुदाल लेकर वृद्ध के रुपये की खोज में चली। वृद्ध उसे रुपया दे गया था, इसलिए उसे लेने में कोई दोष नहीं था।

प्रफुल्ल ने तख्ता उठाया। उसके नीचे एक गड्ढा दिखाई दिया। प्रफुल्ल ने देखा, उसमें नीचे उतरने की सीढ़ी थी।

प्रफुल्ल को चकमक, सलाई इत्यादि सब कुछ मिल गया। वह गोशाला से कुछ फूस ले आई और उसे जलाकर सीढ़ी से उतरने लगी। फरसा – कुदाल उसने पहले से ही नीचे

फेंक दिए थे। नीचे एक कोठरी थी। उसने फूस जलाया। कोठरी में प्रकाश हो गया था। प्रफुल्ल वृद्ध द्वारा बताए हुए स्थान पर खोदने लगी खोदते – खोदते 'ठन' से आवाज हुई।

प्रफुल्ल को वहाँ पर्याप्त धन मिला। धन के घड़ों को अच्छी तरह गाड़कर वह बाहर आकर सो गई। पुआल के बिछावन पर पड़ते ही उसे नींद आ गई।

डाकुओं के भय से फूलमणि दौड़ती हुई दुर्लभ के पीछे-पीछे भागी थी, परंतु दुर्लभ को अपने प्राणों की पड़ी थी। वह फूलमणि की क्या चिंता करता ? फूलमणि जितना चिल्लाती थी, उतना ही दुर्लभ और तेज भागता था। काटों भरे जंगल में दुर्लभ दौड़ा तो उसकी धोती ढीली हो गई और एक पैर कीचड़ में फंस गया।

फूलमणि चिल्लाई – "अरे नीच! एक स्त्री को जंगल में लाया और अब डाकुओं को सौंपकर भाग रहा है।"

यह सुनकर दुर्लभ और जोरों से भागा। थक-हारकर फूलमणि रोने और दुर्लभ की गाली देने लगी।

कुछ देर में फूलमणि ने देखा, वहाँ न तो डाकू थे और न ही दुर्लभ कुछ देर बैठकर सोचने के बाद वह जंगल से बाहर निकल आई। पालकी खाली थी। वहाँ किसी को न पाकर वह घर की ओर चल पड़ी।

दिन निकलने पर वह घर पहुँची। फूलमणि चुपचाप द्वार बंद करके सो गई। उसकी बहन ने आकर उसे जगाया और पूछा – "क्यों री, तू अभी आई है क्या?"

फूलमणि क्यों, मैं कहाँ गई थी?

अलकमणि – जाएगी कहाँ? ब्राह्मण के घर गई थी। इतनी देर में क्यों लौटी, मैं यह पूछ रही हूँ।

फूलमणि – तू तो अंधी है। सवेरे तेरे सामने यहाँ आकर सोई थी। तूने देखा नहीं था क्या?

अलकमणि – मैं सवेरे से तीन बार ब्राह्मण के घर जाकर देख आई हूँ। वहाँ कोई न मिला बता, प्रफुल्ल कहाँ है?

फूलमणि – चुप दीदी, चुप! वह सब मत पूछ।

अलकमणि – क्यों, हुआ क्या?

फूलमणि – हमें ब्राह्मण देवताओं के कामों से क्या मतलब?

अलकमणि – यह क्या कह रही है तू?

फूलमणि – किसी से कहना मत, कल उसकी माँ आकर उसे ले गई।

अलकमणि – ऐ! उसकी माँ आकर उसे ले गई?

फूलमणि ने एक कहानी गढ़ी कि प्रफुल्ल के बिछावन पर उसने उसकी माँ को देखा था, फिर कमरे से आंधी उठी और वहाँ कोई दिखाई न दिया। उसने अपनी बहन से मना कर दिया कि वह यह सब किसी से न कहे।

उधर सवेरे उठकर प्रफुल्ल ने सोचा कि अब वह कहाँ जाए? सोचा, घर लौट जाए, परंतु वहाँ से डाकू फिर उठा ले जाएंगे और वह धन कैसे ले जाए? लोगों से उठवाकर ले गई तो बात फैलेगी। बहुत कुछ सोचकर प्रफुल्ल ने वहीं रहने का निश्चय किया। उसके लिए दुर्गापुर और जंगल में कोई अंतर न था।

यह निश्चय कर प्रफुल्ल घर के काम पर जुट गई – घर में झाड़ू लगाई, फिर रसोई बनाने का प्रबंध करने लगी, परंतु बनाए क्या? हांडी में चावल, दाल आदि कुछ भी न था।

प्रफुल्ल एक मोहर लेकर बाजार की खोज में निकली। प्रफुल्ल बड़ी साहसी लड़की थी। वह एक पगडंडी पर चल पड़ी।

जंगल में उसकी भेंट एक ब्राह्मण से हुई। ब्राह्मण रामनामी ओढ़े था। उसके मस्तक पर तिलक था। वह प्रफुल्ल को देखकर बोला – "कहाँ जाओगी माँ?"

प्रफुल्ल – मैं बाजार जाऊँगी।

ब्राह्मण – इधर बाजार का मार्ग कहाँ है?

प्रफुल्ल – तब फिर किधर है?

ब्राह्मण – तुम कहाँ से आ रही हो?

प्रफुल्ल इसी जंगल से।

ब्राह्मण – इस जंगल में ही तुम्हारा घर है?

प्रफुल्ल – हाँ!

ब्राह्मण – फिर भी तुम बाजार का रास्ता नहीं जानती?

प्रफुल्ल – मैं नई आई हूँ।

ब्राह्मण – इस जंगल में स्वयं तो कोई आता नहीं, तुम कैसे आई?

प्रफुल्ल – आप मुझे बाजार का रास्ता बता दीजिए।

ब्राह्मण – बाजार जाने में एक प्रहर लगेगा। तुम अकेली न जा पाओगी। चोर डाकुओं का भय रहता है तुम्हारा और कौन है?

प्रफुल्ल – कोई नहीं।

ब्राह्मण कुछ देर प्रफुल्ल का मुख देखकर बोला – “तुम अकेली बाजार मत जाओ, विपत्ति में पड़ जाओगी। यहाँ मेरी एक दुकान है। यदि इच्छा हो तो वहाँ से चावल – दाल खरीद लो।”

प्रफुल्ल बोली – “ठीक है, परंतु आप तो पंडित मालूम होते हैं?”

ब्राह्मण – पंडित अनेक प्रकार के होते हैं। तुम मेरे साथ आओ माँ!

ब्राह्मण प्रफुल्ल को अपने साथ लेकर घने जंगल में गया। प्रफुल्ल डरी, तभी सामने एक कुटी दिखाई दी। कुटी का ताला बंद था। ब्राह्मण ने ताला खोला। प्रफुल्ल ने देखा, दुकान नहीं थी, फिर भी हांडी – भर चावल, दाल, नून, तेल थे।

ब्राह्मण बोला – “तुम जितना ले जा सको, ले जाओ।”

प्रफुल्ल आवश्यकतानुसार लेकर बोली – “इनका दाम कितना हुआ?”

ब्राह्मण – एक आना।

प्रफुल्ल – एक आना तो मेरे पास नहीं है।

ब्राह्मण – रुपया है? लाओ बाकी पैसे वापस कर दूँगा।

प्रफुल्ल – मेरे पास रुपया भी नहीं है।

ब्राह्मण – तब बाजार क्या लेकर जा रही थी?

प्रफुल्ल – एक मोहर है।

ब्राह्मण – लाओ, देखूं।

प्रफुल्ल ने मोहर दिखाई।

ब्राह्मण ने मोहर देखकर लौटा दी। वह बोला – “मोहर भुनाने लायक रुपये मेरे पास नहीं हैं। चलो, तुम्हारे साथ तुम्हारे घर चलूं, मुझे पैसे दे देना।”

प्रफुल्ल – मेरे घर में भी पैसा नहीं है।

ब्राह्मण – तो सभी मोहरें हैं! खैर, चलो देख आऊँ। जब पैसा होगा, तब देना, मैं जाकर ले आऊँगा।

'सभी मोहरें हैं' – यह बात प्रफुल्ल को भली न लगी। उसने समझा कि यह चतुर ब्राह्मण समझ गया कि उसके पास बहुत – सी मोहरें हैं, इसीलिए यह उसका घर देखने जाना चाहता है।

प्रफुल्ल सब चीजें वहीं रखकर बोली – "मुझे बाजार ही जाना होगा। कुछ कपड़ों की भी आवश्यकता है।

ब्राह्मण हंसकर बोला – "माँ! सोचती हो, तुम्हारा घर देखकर मैं तुम्हारी मोहरें चुरा लूंगा। क्या बाजार जाकर मुझसे बच पाओगी? मैं पीछा न छोड़ूंगा तो क्या करोगी?"

प्रफुल्ल कांपने लगी।

ब्राह्मण बोला – "मैं तुम्हारे साथ छल न करूँगा। मैं डाकुओं का सरदार हूँ। मेरा नाम भवानी पाठक है।"

यह सुनकर प्रफुल्ल को काठ मार गया। भवानी पाठक का नाम उसने दुर्गापुर से सुना था वह विख्यात डाकू था। उसके भय से सारी वारेंद्रभूम कांपती थी। प्रफुल्ल कुछ न बोली।

भवानी बोला – "विश्वास न हो तो देखो।" यह कहकर वह एक नगाड़ा लाया और उस पर चोटें कीं।

एक क्षण में लगभग पचास जवान वहाँ आ गए। वे बोले – "क्या आज्ञा है सरदार?"

भवानी बोला – "इस लड़की को पहचान लो इसको मैंने माँ कहा है। तुम सब भी इसे माँ कहना और माँ की ही तरह मानना। इसका कोई अनिष्ट न हो – बस जाओ।"

यह सुनते ही डाकुओं का दल लुप्त हो गया।

प्रफुल्ल आश्चर्यचकित रह गई है। वह समझ गई कि अब उसकी शरण के अतिरिक्त कोई चारा नहीं है वह बोली "चलिए, आपको अपना घर दिखा दूँ।"

सब सामग्री उठाकर वह आगे – आगे चली। उसके पीछे – पीछे भवानी पाठक चले। उस टूटे घर में पहुँचकर प्रफुल्ल ने बोझा उतारा और भवानी ठाकुर को सादर बिठाया।

भवानी पाठक बोले – "इसी टूटे घर में तुम्हें ये मोहरें मिली थीं?"

प्रफुल्ल – जी हाँ।

भवानी – कितनी मोहरें मिली ?

प्रफुल्ल – बहुत।

भवानी ठीक से बताओ कितनी हैं ? मुझे धोखा दोगी तो हमारे आदमी यहाँ आकर सब खोद देंगे।

प्रफुल्ल – बीस घड़े।

भवानी – यह धन लेकर तुम क्या करोगी ?

प्रफुल्ल – अपने घर ले जाऊँगी।

भवानी – इन्हें तुम रख सकोगी ?

प्रफुल्ल – यदि आपकी सहायता पाऊँ तो।

भवानी – इस वन पर मेरा अधिकार है। इसके बाहर मेरी शक्ति नहीं है।

इन्हें वन के बाहर ले जाने पर मैं तुम्हारी रक्षा न कर पाऊँगा।

प्रफुल्ल – तब मैं इस जंगल में ही रहूँगी। आप मेरी रक्षा करेंगे ना ?

भवानी – करूँगा, परंतु इतना धन का तुम करोगी क्या ?

प्रफुल्ल – लोग धन लेकर क्या करते हैं ?

भवानी – भोग करते हैं।

प्रफुल्ल – मैं भी भोग करूँगी।

भवानी ठाकुर सुनकर हंस पड़े।

प्रफुल्ल लज्जित हो गई।

भवानी बोले – "माँ! बच्चों जैसी तुम्हारी बातें सुनकर हंसी आ गई। अभी तुमने कहा, तुम्हारा कोई नहीं है, फिर तुम किसके साथ भोग करोगी ? अकेल क्या ऐश्वर्य भोगा जाता है ?"

प्रफुल्ल ने सिर झुका लिया।

भवानी बोलें – "सुनो, कुछ लोग ऐश्वर्य पाकर भोग करते हैं, कुछ पुण्य – संचय करते हैं और कुछ नरक का रास्ता बनाते हैं। तुम भोग नहीं कर सकती, क्योंकि तुम्हारा कोई नहीं है या तो तुम पुण्य – संचय कर सकती हो या नरक का मार्ग बना सकती हो, बोलो तुम्हें कौन – सा रास्ता पसंद है ?"

प्रफुल्ल बोली – "ये बातें तो डाकुओं के सरदार जैसी नहीं हैं ?"

भवानी – नहीं, मैं केवल डाकुओं का सरदार मात्र नहीं हूँ। मैंने तुम्हें माँ कहा है। इस समय तुम्हारा जिसमें लाभ होगा, मैं वही कहूँगा। धन – भोग तुम नहीं कर सकती, क्योंकि तुम अकेली हो। ऐसी दशा में धन से तुम खूब पाप या पुण्य कर सकती हो। तुम क्या करना चाहती हो? वही मैं सुनना चाहता हूँ।

प्रफुल्ल – यदि कहूँ कि मैं पाप करूँगी?

भवानी – तब मैं अपने आदमियों के द्वारा यह धन तुम्हारे साथ इस जंगल से बाहर भेज दूँगा। वन में मेरे बहुत से अनुचर धन के लोभ में तुम्हारे साथ पापाचार करने को तैयार हो जाएंगे। तुम्हारी पाप – इच्छा होने पर मैं तुम्हें इसी क्षण यहाँ से विदा करने को बाध्य हूँगा। इस धन को मैं अपना नहीं समझता।

प्रफुल्ल – मेरे साथ यदि आप मेरा धन भेज देंगे तो मेरी इसमें क्या हानि होगी?

भवानी – तुम रख पाओगी इसे? तुम युवती हो, रूपवती हो डाकुओं के हाथ से छुटकारा पा सकती हो तुम? पाप की लालसा पूरी नहीं होगी। उससे पहले ही धन समाप्त हो जाएगा। धन कितना भी क्यों न रहे, समाप्त होने में देर नहीं करता। उसके बाद?

प्रफुल्ल – उसके बाद क्या?

भवानी – नरक का रास्ता साफ हो जाएगा। लालसा रहेगी और उसकी तुष्टि का साधन न रहेगा। यही नरक का रास्ता है। पुण्य – संचय करोगी?

प्रफुल्ल – बाबा! मैं गृहस्थ की लड़की हूँ पाप को पहचानती भी नहीं। मै क्यों पाप करने जाऊँगी? मैं कंगाल हूँ। मुझे रोटी कपड़े के अलावा कुछ नहीं चाहिए। मुझे धन नहीं चाहिए। यह धन सब तुम ले लो। मेरे लिए मुट्ठी – भर अन्न का प्रबंध कर देना – बस।

भवानी प्रसन्न होकर बोले – "नहीं, यह धन तुम्हारा ही है। मैं इसे नहीं लूंगा।"

प्रफुल्ल आश्चर्यचकित हुई।

भवानी बोले – "सोचती होगी कि करता तो डकैती और लूटपाट है, फिर मेरे साथ कपट क्यों? खैर, कारण अभी तुम्हें बताने की जरूरत नहीं है। यदि तुमने पापाचरण करना चाहा तो मैं यह धन लूट भी सकता हूँ, परंतु अभी नहीं लूंगा। एक बार फिर पूछता हूँ – यह धन लेकर तुम क्या करोगी?"

प्रफुल्ल – मैं देख रही हूँ कि आप ज्ञानी पुरुष हैं। आप मुझे परामर्श दीजिए कि मैं इस धन का क्या करूँ?

भवानी – शिक्षा देने में पांच – सात वर्ष लगेंगे। यदि चाहोगी तो मैं सिखा सकूंगा। इस बीच तुम्हें यह धन न छूना होगा। तुम्हें खाने – पहनने का कोई कष्ट न होगा। तुम्हारी सारी आवश्यकताओं की पूर्ति होगी, परंतु मैं जो कहूँगा, वह बिना विवाद मानना होगा। कहो – स्वीकार है?

प्रफुल्ल – रहूँगी कहाँ?

भवानी – यहीं। इस घर की कुछ और मरम्मत करा दूँगा।

प्रफुल्ल – यहाँ अकेले ही रहना होगा?

भवानी – नहीं, मैं दो स्त्रियां और भेज दूँगा। वे तुम्हारे पास रहेंगी। उनसे डरना मत। मैं इस जंगल का मालिक हूँ। मेरे रहते तुम्हारा कभी कोई अनिष्ट न होगा।

प्रफुल्ल – आपकी शिक्षा कैसी होगी?

भवानी – तुम पढ़ना-लिखना जानती हो?

प्रफुल्ल – नहीं।

भवानी – तो पहले पढ़ना – लिखना सिखाऊँगा।

प्रफुल्ल राजी हो गई। उस जंगल में एक सहायक पाकर वह बहुत प्रसन्न हुई। वहाँ से विदा होकर भवानी ठाकुर ने बाहर आकर देखा एक व्यक्ति उनकी प्रतीक्षा कर रहा है। भवानी ने उससे पूछा – "रंगराज! तुम यहाँ क्यों आए हो?"

रंगराज – आपको ढूंढने। आप यहाँ कैसे आए?

भवानी – इतने दिनों से जो खोजता था, वह आज पा गया।

रंगराज – राजा?

भवानी – नहीं रानी।

रंगराज – राजरानी खोजने की अब आवश्यकता नहीं रही। अंग्रेजी राज्य कायम हो गया है। सुना है, कलकत्ता में हेस्टिंग्स साहब अपना राज्य स्थापित कर रहे हैं।

भवानी – मैं क्या खोजता था, तुम्हें मालूम है?

रंगराज – वह पा गए?

"वह पाने योग्य वस्तु नहीं है। स्वयं बनाना होगा। ईश्वर लोहा बनाते हैं, मनुष्य तलवार घड़ लेता है। अब पांच – सात वर्ष घड़ना पड़ेगा। इस घर में मेरे सिवा कोई पुरुष न आए। लड़की युवती और सुंदर है।"

रंगराज – जो आज्ञा। जागीरदार के आदमियों ने रंजनपुर लूट लिया है। उसी के लिए मैं आपको खोज रहा था।

भवानी – चलो! हम जागीरदार को लूटकर उसका धन गांववालों को लौटा दें। गांववाले मदद करेंगे?

रंगराज – कर सकते हैं।

भवानी ठाकुर ने प्रफुल्ल के पास दो स्त्रियां भेज दीं। एक कहीं जाने – आने के लिए और एक प्रफुल्ल के पास रहने के लिए। दोनों ने प्रफुल्ल को प्रणाम किया। प्रफुल्ल ने पूछा – "तुम्हारा नाम क्या है?"

एक दूसरी स्त्री की ओर संकेत करके बोली – "यह कुछ बहरी है। इसे गोबरा की माँ कहते हैं।"

प्रफुल्ल – गोबरा की माँ! तुम्हारे कितने लड़के हैं?

गोबरा की माँ – मैं लड़की नहीं हूँ। सब लोग झूठ ही मुझे लड़की कहते हैं?

प्रफुल्ल – तुम कौन जाति से हो?

गोबरा की माँ – कर सकूंगी। जहाँ कहोगी, वहीं जाऊँगी?

प्रफुल्ल – तुम कौन लोग हो?

गोबरा की माँ – और लोग लेकर क्या करोगी? मैं सब काम कर दूँगी।

प्रफुल्ल – कौन काम न कर सकोगी?

गोबरा की माँ – पानी न भर सकूंगी। मेरे बदन में जोर नहीं है। कपड़ा भी बेटी, तुम्ही धो लेना।

प्रफुल्ल – और सब काम कर लोगी – हैं?

गोबरा की माँ – बर्तन भी तुम्ही माज लेना।

प्रफुल्ल – यह भी न कर सकोगी तो करोगी क्या?

गोबरा की माँ – हाँ, घर झाड़ने का काम भी अब मुझसे नहीं होता।

प्रफुल्ल – तब तुमसे होता क्या है?

गोबरा की माँ – और जो कहोगी, सो करूँगी। रस्सी बटूंगी, पानी बहा दूँगी। अपनी जूठी पत्तल फेंक दूँगी। असल काम सब करूँगी। बाजार हो आऊँगी?

प्रफुल्ल – दुकानदारों का हिसाब लगा लोगी?

गोबरा की माँ – बुढ़िया हो गई हूँ, अब वह नहीं होता। हाँ, जितना पैसा दोगी, वह खर्च कर आऊँगी। तुम यह न कह सकोगी कि मैंने यह नहीं किया, वह नहीं किया।

प्रफुल्ल – तुम्हारे जैसा गुणवान कहाँ पाऊँगी?

गोबरा की माँ – यह तो तुम्हारा बड़प्पन है बेटी!

प्रफुल्ल ने दूसरी स्त्री से पूछा – "तुम्हारा नाम क्या है?"

यह नहीं जानती बहन!

प्रफुल्ल यह क्या? माँ – बाप ने नाम नहीं रखा था क्या?

दूसरी ने कहा – "रखा होगा, मुझे मालूम नहीं।"

प्रफुल्ल – क्यों?

सुंदरी – इसकी समझ होने से पूर्व ही मैं उनसे बिछुड़ गई थी। बचपन में ही बच्चे पकड़ने वालों ने मुझे चुरा लिया था।

प्रफुल्ल – उन लोगों ने भी तो कोई नाम रखा होगा?

सुंदरी – कई नाम रखे।

प्रफुल्ल – क्या – क्या?

सुंदरी – मुंहजली, अभागी, चुड़ैल।

गोबरा की माँ बोली – "जो मुझे मुंहजली कहे, वह खुद चुड़ैल, वह स्वयं मुंहजली है, बांझ कहीं की।"

दूसरी हंसकर बोली – "मैंने तुम्हें नहीं कहा।"

गोबरा की माँ बोली – "कहा कैसे नहीं, अवश्य कहा होगा। तू मुझे क्यों गाली देती है?"

प्रफुल्ल हँसकर बोली – "तुम्हें नहीं, मुझे कहा है।"

"मुझे नहीं कहा तो कहने दो बेटी! क्रोध मत करना। इस ब्राह्मणी की जबान खराब है, फिर भी तुम क्रोध न करना।"

गोबरा की माँ को अपने लिए उत्तेजित वीर और दूसरे के लिए शांत देखकर प्रफुल्ल और युवती खूब हंसी।

प्रफुल्ल दूसरी स्त्री से बोली – "तुम ब्राह्मणी हो? तब से क्यों नहीं बताया? मैं प्रणाम करती हूँ तुम्हें।"

वह आशीर्वाद देकर बोली – "मैं ब्राह्मण की लड़की अवश्य हूँ, परंतु ब्राह्मणी नहीं हूँ।"

प्रफुल्ल – वह कैसे?

सुंदरी – मुझे कोई ब्राह्मण नहीं मिला।

प्रफुल्ल – तुम्हारा विवाह नहीं हुआ?

सुंदरी – बच्चे पकड़ने वाले क्या विवाह करते हैं किसी का?

प्रफुल्ल – क्या तब से तुम उन्हीं के बीच रही हो?

सुंदरी – उन्होंने मुझे एक राजा के यहाँ बेच दिया था।

प्रफुल्ल – तो राजा ने तुमसे विवाह नहीं किया?

सुंदरी – राजकुमार करना चाहते थे, परंतु गांधर्व।

प्रफुल्ल – अपने से?

सुंदरी – हाँ, पर वह भी पता नहीं कितने दिन के लिए।

प्रफुल्ल – फिर?

सुंदरी – मैं वहाँ से भाग आई।

प्रफुल्ल – फिर?

सुंदरी – मैं वहाँ से रानी के गहने लेकर भागी थी। मार्ग में डाकुओं ने मुझे पकड़ लिया। भवानी ठाकुर उनके सरदार थे। उन्होंने मेरी कहानी सुनकर मेरे गहने नहीं लिये, बल्कि साथ में और बहुत कुछ दे दिया। उन्होंने मुझे अपने यहाँ आश्रय दिया। मैं उनकी कन्या के समान हूँ। उन्होंने एक तरह से मेरा विवाह कर दिया है।

प्रफुल्ल – एक तरह से क्या मतलब?

सुंदरी – मेरे सर्वस्व श्रीकृष्ण भगवान हैं।

प्रफुल्ल – वह कैसे?

वह बोली – "मेरा रूप, यौवन, प्राण सब उन्हीं को अर्पण हैं।"

प्रफुल्ल – वे तुम्हारे पति हैं?

सुंदरी – जो संपूर्ण रूप से मेरे अधिकारी हैं, वे वही हैं।

प्रफुल्ल लंबी सांस लेकर बोली – "क्या जानूँ? तुमने कभी पति नहीं देखा। इसी से यह कहती हो। पति देखा होता तो कृष्ण से मन न लगता।"

सुंदरी – श्रीकृष्ण से सब लड़कियों का मन लग जाता है। उनका रूप, यौवन, ऐश्वर्य, सब कुछ अनंत है।

वह भवानी ठाकुर की शिष्या थी, इस बात का उत्तर न दे सकी। अनंत जगदीश्वर हिंदुओं के हृदय में साकार श्रीकृष्ण बनकर निवास करते हैं। पति और भी सीमित हैं, इसीलिए प्रेम पवित्र हो तो पति ईश्वर – प्राप्ति की पहली सीढ़ी है। इसी से हिंदू स्त्रियों का पति ही परमेश्वर होता है।

प्रफुल्ल बोली – "बहन! यह सब मेरी समझ में नहीं आया। तुमने अपना नाम नहीं बताया।"

सुंदरी – भवानी ठाकुर ने निशि नाम रखा है। मैं दिवा की बहन निशि हूँ। स्त्री का देवता पति है। श्रीकृष्ण सबके देवता हैं। मैं दो देवता क्यों बनाऊँ बहन?

प्रफुल्ल – स्त्रियों की भक्ति का कोई अंत है क्या?

निशि – स्त्रियों के प्रेम का कोई अंत नहीं है। भक्ति एक चीज है, प्रेम दूसरी।

प्रफुल्ल – मेरे लिए तो दोनों नए हैं। मैं तो आज तक एक को भी नहीं जान पाई।

प्रफुल्ल रोने लगी।

निशि बोली – "मालूम होता है बहन! तुमने बहुत दुःख पाया है।"

निशि ने प्रफुल्ल के आंसू पोंछ दिए, वह बोली – "मैं यह नहीं जानती थी। तब निशि ने जाना, ईश्वर भक्ति की पहली सीढ़ी पति भक्ति है।"

जिस रात्रि में दुर्लभ चक्रवर्ती प्रफुल्ल का अपहरण करके ले आया था, उसी रात्रि ब्रजेश्वर दुर्गापुर में प्रफुल्ल के यहाँ गया था। ब्रजेश्वर घुड़सवारी में बहुत तेज था। वह चुपचाप अंधकार में घोड़े पर रवाना हुआ था। प्रफुल्ल की झोंपड़ी में जाकर उसने देखा, वहाँ कोई नहीं था। चारों ओर घोर अंधकार था। पड़ोसी भी कोई न मिला, जिससे कुछ पूछता। सोचा, शायद किसी संबंधी के यहाँ चली गई है। पिता के डर से वह उसी समय घर लौट गया।

दिन व्यतीत होने लगे। हरिवल्लभ की गृहस्थी पहले जैसी ही चल रही थी। सभी खाते – पीते और काम – काज करते थे। सिर्फ ब्रजेश्वर के दिन पहले की तरह सुखपूर्वक नहीं बीतते थे। शुरू में किसी को कुछ पता नहीं चला। माँ को धीरे – धीरे मालूम हुआ। उसने देखा – ब्रजेश्वर की थाली में मछली पड़ी रहती है, बर्तन में दूध पड़ा रहता है – "खाना अच्छा नहीं बना।" कहकर ब्रजेश्वर थोड़ा बहुत खाकर उठ खड़ा होता था।

माँ ने सोचा – लड़के को मंदाग्नि हुई है। उन्होंने पहले टोटका किया, पर कोई फायदा न देख वैद्य बुलाने का निश्चय हुआ।

ब्रज ने माँ से हंसकर बात उड़ा दी, पर ब्रह्म ठकुरानी ने एक रोज ब्रजेश्वर को अकेला पाकर पूछ लिया – "क्यों रे ब्रज, तू आजकल नयन बहू का मुंह भी नहीं देखता, आखिर क्यों ?"

ब्रज हंसकर बोला – "मुंह... एक तो अमावस्या की रात्रि है और फिर उसमें आंधी और बादल का जोर रहता है – इच्छा ही नहीं होती मुंह देखने की।"

ब्रह्म – खैर, यह नयन बहू जाने पर तू खाना क्यों नहीं खाता ?

ब्रज – तुम बनाती हो न!

ब्रह्म – मैं तो बराबर ऐसा ही बनाती थी।

ब्रज – हाथ अब और मजबूत हो गए हैं।

ब्रह्म – अच्छा, दूध भी मैं बनाती हूँ न? वह भी रसोई बनाने वालों का दोष है?

ब्रज – गायों का दूध अच्छा नहीं रहा।

ब्रह्म – तू दिन-भर क्या सोचता है?

ब्रज – सोचता हूँ कि कब तुम्हें गंगा ले जाऊँ।

ब्रह्म – बक-बक न कर। वह समय आने पर नीम के नीचे फूंक देगा। तो मुझे गंगा ले जाने के लिए तू इतना दुबला हो गया है?

ब्रज – क्या यह कम चिंता की बात है?

ब्रह्म – कल नदी के किनारे बैठकर तू आंखों से आंसू क्यों गिरा रहा था पगले?

ब्रज – मैं रो रहा था कि नहाते ही तुम्हारा बनाया भोजन करना पड़ेगा। इसी से आंखें भर आईं।

ब्रह्म – सागर को बुलवा दूँ रसोई बनाने को?

ब्रज – क्यों? सागर का खाना क्या तुम जानती नहीं हो?

ब्रह्म – तो फिर प्रफुल्ल को बुलवा दूँ?

प्रफुल्ल का नाम सुनकर ब्रजेश्वर के मुख की दशा बदली। वह बोला – "वह तो बाग्दी है न?"

ब्रह्म – वह बाग्दी नहीं है। यह बात झूठ है। तुम्हारे पिता समाज से डरते हैं, परंतु लड़के से तो समाज बड़ा नहीं है। मैं बात चलाऊँ?

ब्रज – नहीं, मैं अपने लिए पिता को समाज में बदनाम न करूंगा।

उस दिन और बातें न हुईं ब्रह्म ठकुरानी सब कुछ न समझ पाई प्रफुल्ल रूपवती थी। उस रात्रि में ब्रजेश्वर ने देखा था कि प्रफुल्ल जैसी सुंदर थी, वैसी ही मधुर भी थी। यदि प्रफुल्ल स्त्री का अधिकार प्राप्त कर वहाँ आ जाती तो उसके गुण सब पर छा जाते, परंतु यह हुआ नहीं। प्रफुल्ल विद्युत की तरह चमककर सदा के लिए बादल में छिप गई, इसीलिए यह सब था। ब्रजेश्वर का हृदय प्रफुल्लमय था। उसमें अन्य किसी के लिए स्थान नहीं था। वृद्धा यह नहीं समझ सकी।

कुछ दिन पश्चात् फूलमणि की फैलाई हुई प्रफुल्ल के मरने की बात हरिवल्लभ के यहाँ पहुँची। यहाँ समाचार आया कि प्रफुल्ल वायु – श्लेष्मा से मर गई। मरने से पहले उसने अपनी मृत माँ को देखा था। यह बात ब्रजेश्वर ने भी सुनी।

हरिवल्लभ ने श्राद्ध के लिए मना कर दिया। वे बोले – "बाग्दी का श्राद्ध ब्राह्मण करेंगे ?"

नयनतारा ने भी स्नान किया। वह बोली – "एक पाप कटा। दूसरी के लिए भी स्नान कर पाऊँ तो छाती ठंडी हो।"

कुछ दिन में ब्रजेश्वर ने खाट पकड़ ली। रोग विशेष न था, कुछ – कुछ बुखार था। वैद्य की औषधि से लाभ न हुआ। ब्रजेश्वर ने प्राणों की बाजी लगा दी।

अब बात छिपी न रही। पहले वृद्धा ने समझा, फिर गृहिणी ने भी समझा। गृहिणी ने समझा तो गृह – स्वामी भी जान गए। अब हरिवल्लभ की छाती पर चोट लगी। वे रोकर बोले – "यह मैंने क्या किया ? अपने ही हाथों अपना घर उजाड़ दिया।"

गृहिणी बोली – "लड़का न बचेगा तो विष खा लूंगी।"

हरिवल्लभ ने प्रतिज्ञा की कि यदि प्रभु इस बार ब्रजेश्वर को बचा दें तो फिर उसकी इच्छा जाने बिना कोई कार्य न करेंगे।

ब्रजेश्वर बच गया। धीरे – धीरे वह निरोग हो गया। एक रोज हरिवल्लभ के पिता का वार्षिक श्राद्ध था। हरिवल्लभ श्राद्ध कर रहे थे, ब्रजेश्वर भी वहाँ मौजूद था। उसने सुना, अंत में पंडित ने मंत्र पढ़ा –

"पिता स्वर्ग: पिता धर्म: पिता हिं परमं तप:।

पितरि प्रीतिमापन्ने प्रीयन्ते सर्वदेवता:।।"

ब्रजेश्वर ने यह बात रट ली। प्रफुल्ल की खातिर जब रोना आता तो मन को समझाने के लिए कहता –

"पिता स्वर्ग: पिता धर्म: पिता हिं परमं तप:।

पितरि प्रीतिमापन्ने प्रीयन्ते सर्वदेवता:।।"

इस प्रकार ब्रजेश्वर प्रफुल्ल को भुलाने की कोशिश करने लगा। प्रफुल्ल की मृत्यु का कारण उसके पिता ही थे यह याद आते ही ब्रजेश्वर दोहराते –

"पिता स्वर्ग: पिता धर्म: पिता हिं परमं तप:।"

प्रफुल्ल चली गई लेकिन ब्रजेश्वर के मन में पिता के प्रति फिर भी भक्ति दृढ़ रही।

ब्रजेश्वर प्रफुल्ल को भूलने का प्रयत्न करने लगा। उसके पिता प्रफुल्ल की मृत्यु का कारण थे, यह याद आने पर ब्रजेश्वर व्याकुल हो उठता था।

उधर प्रफुल्ल की शिक्षा आरंभ हुई। निशि ने उसे अक्षर ज्ञान कराया। वर्णमाला और अंक प्रफुल्ल ने उससे सीखे। इसके बाद पाठकजी ने स्वयं अध्यापन – कार्य किया। पहले

व्याकरण पढ़ाया। दो चार दिन पढ़ाकर वे बहुत विस्मित हुए। प्रफुल्ल की बुद्धि बहुत प्रखर थी। वह बहुत जल्दी – जल्दी पढ़ने लगी। उसके परिश्रम को देखकर निशि भी चकित हुई। वह दिन – रात व्याकरण पढ़ती। व्याकरण समाप्त हुआ। अब प्रफुल्ल काव्य पर छा गई। उस पर भी उसका अधिकार हो गया है – रघुवंश, कुमारसंभव, नैषध, शाकुंतलम् उसने पढ़े, फिर उसने योगशास्त्र का अध्ययन किया और अंत में भगवतगीता पढ़ी। पांच वर्ष में उसकी शिक्षा पूर्ण हुई।

इसके साथ ही दूसरी शिक्षा भी चली गोबरा की माँ केवल बाजार से सौदा ला देती थी। निशि भी सहायता अधिक न देती थी। प्रफुल्ल को सब काम स्वयं करना पड़ता था। इसमें उसको कोई कष्ट नहीं होता था। उसके आहार के लिए भवानी ठाकुर ने मोटा चावल, नमक, घी और कच्चे केले का प्रबंध किया था। निशि वही खाती थी। प्रफुल्ल को भी उसमें बहुत आनंद था, क्योंकि माँ के यहाँ वह इतना भी नहीं पाती थी, परंतु एक बात में प्रफुल्ल ने भवानी ठाकुर की बात न सुनी एकादशी के दिन वह मछली अवश्य खाती थी। यदि गोबरा की माँ मछली न लाती तो वह किसी तालाब से पकड़ लाती थी।

दूसरे वर्ष के आहार में प्रफुल्ल को नमक, मिर्च, भात और एकादशी को मछली मिलने लगी थी।

तीसरे वर्ष मिठाई, घी, मक्खन, फल इत्यादि सब कुछ मिलने लगा, परंतु प्रफुल्ल वही मिर्च और भात खाती थी। वह निशि के साथ बैठकर खाती थी। निशि भी मिठाई बहुत न खाती थी। वह सब गोबरा की माँ को दे देती थी।

चौथे वर्ष भोजन की व्यवस्था कुछ और भी हुई, परंतु प्रफुल्ल ने वही खाया, जो खाती थी।

पांचवें वर्ष इच्छानुसार खाने की आज्ञा मिली, परंतु प्रफुल्ल ने भोजन में कोई परिवर्तन न किया?

वस्त्र पहनने को भी इसी प्रकार पहले वर्ष दो धोतियां मिलीं, दूसरे वर्ष चार तीसरे वर्ष गर्मियों में मोटे गाढ़े की धोती और जाड़ों में मलमल की, चौथे वर्ष ढाका की धोतियां मिलीं और पांचवें वर्ष इच्छानुसार, परंतु प्रफुल्ल मोटा गाढ़ा ही पहनती रही।

पहले वर्ष केश के लिए तेल का निषेध रहा। बाल रूखे ही बांधने पड़ते थे। दूसरे वर्ष खुले रहे। तीसरे वर्ष सिर मुड़वा दिया गया। चौथे वर्ष नए केश निकले। भवानी ठाकुर ने सुगंधित तेल लगाकर संवारने की आज्ञा दी। पांचवें वर्ष इच्छानुसार केश रखने की आज्ञा मिली। प्रफुल्ल ने पांचवें वर्ष बालों को हाथ भी न लगाया।

प्रफुल्ल ने अपने बदन को वायु, धूप, आग सहन करने योग्य बना लिया था। भवानी ठाकुर ने प्रफुल्ल को एक और शिक्षा प्राप्त करने को कहा।

भवानी ठाकुर बोले – "तुम्हें मल्ल युद्ध सीखना होगा।"

प्रफुल्ल से सिर झुकाकर बोली – "ठाकुर! यह मैं न सीख सकूँगी।"

भवानी – इसके बिना काम नहीं चलेगा।

प्रफुल्ल – क्यों ठाकुर! स्त्री मल्ल युद्ध क्यों सीखें?

भवानी – इंद्रियों पर विजय पाने के लिए।

प्रफुल्ल – मुझे मल्ल युद्ध कौन सिखाएगा? पुरुष से मैं न सीखूँगी।

भवानी – निशि सिखाएगी।

प्रफुल्ल ने चार वर्ष तक मल्ल युद्ध भी सीखा।

पहले वर्ष भवानी ठाकुर ने प्रफुल्ल के पास किसी पुरुष को नहीं जाने दिया था। न उसे किसी पुरुष से बातें करने दी। दूसरे वर्ष बातें करने पर प्रतिबंध न रहा। तीसरे वर्ष भवानी ठाकुर अपने चुने हुए शिष्यों को लेकर प्रफुल्ल के पास जाने लगे। वह उन लोगों से शास्त्रीय बातें करती थी। चौथे वर्ष भवानी ठाकुर अपने चुने हुए लठैतों से प्रफुल्ल का मल्ल – युद्ध कराने लगे। पांचवें वर्ष सब बंधन खुल गए। अब जब वह पुरुषों से बात करती तो उन्हें अपना पुत्र समझती थी।

इस प्रकार अतुल ऐश्वर्यशालिनी प्रफुल्ल भवानी ठाकुर के दिशा – दर्शन में सिद्धहस्त हुई। पांच वर्ष में सब शिक्षा प्राप्त हुई।

एकादशी के दिन मछली खाने के अतिरिक्त प्रफुल्ल ने भवानी ठाकुर की जो बात न मानी, वह था उसका परिचय भवानी ठाकुर पूछकर भी कुछ न जान पाए।

पांच वर्ष का अध्ययन समाप्त कर भवानी ठाकुर प्रफुल्ल से बोले – "पांच वर्ष की तुम्हारी शिक्षा समाप्त हुई। अब तुम अपना धन अपनी इच्छा से व्यय करो, मैं न रोकूँगा। मैं केवल राय दूँगा। उसे तुम मानना या न मानना। अपने खाने – पहनने का प्रबंध अब तुम स्वयं करना। अब तुम कौन – सा मार्ग अपनाओगी?"

प्रफुल्ल – कर्म करूँगी। ज्ञान मेरे लिए नहीं है।

भवानी – ठीक है। मैं यह सुनकर प्रसन्न हुआ, किंतु कर्म अनासक्त होकर करना। अनासक्ति क्या है, तुम जानती हो? इसका प्रथम लक्षण है – इंद्रिय – संयम। यह मैंने गत पांच वर्षों में तुम्हें सिखाया है। दूसरा लक्षण है निरहंकार। इसके बिना धर्मावरण नहीं हो

सकता। शान अहंकार है। जो कुछ करो, अपने गुण से हुआ है, यह मत सोचना। तीसरा लक्षण कर्म का फल श्रीकृष्ण को अर्पण कर देना है। अब बताओ माँ, इस धनराशि का क्या करोगी?

प्रफुल्ल – जब मैंने अपना सब कर्म श्रीकृष्ण को समर्पित कर दिया तो यह धन भी उन्हीं के चरणों पर अर्पित है।

भवानी – सब – का – सब?

प्रफुल्ल – और क्या?

भवानी – परंतु ऐसा करके कर्म में अनासक्त न हो सकोगी। यदि आहार के लिए तुम्हें उद्योग करना पड़ा, तो आसक्ति होगी तब या तो भिक्षावृत्ति अपनानी होगी या इस धन से अपना काम चलाना होगा। भिक्षा में भी आसक्ति है, इसलिए तुम इस धन से ही काम चलाना। शेष सब श्रीकृष्ण को अर्पण करना, परंतु उनके चरणों में यह धन पहुँचेगा कैसे?

प्रफुल्ल – वे सर्वभूत में स्थित हैं। मैं सर्वभूत में इसका वितरण करूँगी।

भवानी – ठीक है। भगवान ने यही कहा है?

भवानी – परंतु दान करने के लिए बड़े कष्ट और बड़े श्रम की आवश्यकता होती है। वह तुम कर सकोगी?

प्रफुल्ल – मैंने इतने दिन सीखा ही क्या है?

भवानी – उस कष्ट की बात नहीं कर रहा हूँ। कुछ दुकानदारी भी करनी पड़ती है। कुछ वेश, कुछ भोग, कुछ ठाठ की आवश्यकता होती है। उसमें बड़ा कष्ट है। वह सह सकोगी?

प्रफुल्ल – वह किस प्रकार?

भवानी – सुनो! मैं डकैती करता हूँ, तुम्हें बता चुका हूँ।

प्रफुल्ल – इस धन में से कुछ आप भी ले लें और यह दुष्कर्म त्याग दें।

भवानी – मेरे पास काफी धन है। मैं धन के लिए डकैती नहीं करता।

प्रफुल्ल – फिर किस लिए करते हैं?

भवानी – मैं राज्य करता हूँ।

प्रफुल्ल – डकैती से राज्य कैसे होता है?

भवानी – जिसके हाथ में राजदंड होता है, वही राजा है।

प्रफुल्ल – राजदंड तो राजा के हाथ में होता है।

भवानी – इस देश में कोई राजा नहीं है। यवन समाप्त हो गए। अंग्रेज अभी आए नहीं। मैं यहाँ राजा बनकर दुष्टों का दमन और शिष्टों का पालन करता हूँ।

प्रफुल्ल – क्या आप ऐसा डकैती करके करते हैं?

भवानी – सुनो, समझाता हूँ।

भवानी ने देश की दुर्दशा का वर्णन किया, जमींदारों के अत्याचार बताए। उन्होंने बताया, वे बाकीदारों के घर लूटते हैं। वे बच्ची के पैर पकड़कर पटक देते हैं, युवकों की छाती बींध देते हैं, वृद्धों का वध कर देते हैं, युवतियों को कचहरी में ले जाकर नंगी कर देते हैं, मारते हैं, उनके स्तन काट डालते हैं। और उनका अपमान करते हैं।

"मैं उन दुरात्याओं को दंड देता हूँ। अनाथ दुर्बलों की रक्षा करता हूँ। कैसे करता हूँ, यह तुम दो दिन मेरे साथ रहकर देख लो।"

प्रफुल्ल का हृदय यह सुनकर भर आया। वह भवानी ठाकुर को धन्यवाद देकर बोली – "मैं तुम्हारे साथ चलूँगी। कुछ धन उन दुखियों की भी दे आऊँगी।"

भवानी – मैं कह रहा था, इन्हीं कामों में दुकानदारी करनी चाहिए। मेरे साथ चलना है तो जरा ठाठ से चलना। संन्यासिनी बनकर यह काम न होगा। प्रफुल्ल मैंने कर्म श्रीकृष्ण को अर्पण कर दिया है। उनके काम के लिए जो करना होगा, करूँगी।

भवानी ठाकुर की इच्छा पूर्ण हुई। वह दल के साथ डकैती को निकले तो प्रफुल्ल धन का घड़ा लेकर साथ चली। निशि भी उनके साथ गई।

भवानी ठाकुर ने पांच वर्ष तक सान पर चढ़ाकर प्रफुल्ल को तीक्ष्ण धार वाला अस्त्र बना लिया था। पुरुष होता तो अच्छा होता, परंतु प्रफुल्ल जैसे गुणों वाला पुरुष नहीं मिला। इतना धन भी किसी के पास न था। धन की मार भी बहुत तीक्ष्ण होती है।

भवानी ठाकुर ने एक भूल की। प्रफुल्ल एकादशी के दिन मछली क्यों खाती थी, इस बात पर ध्यान देकर विचार नहीं किया। खैर, अब प्रफुल्ल कर्म शिक्षा की दिशा में आगे बढ़ी।

बाग्दी की लड़की कहकर हरिवल्लभ द्वारा प्रफुल्ल को निकाले गए आज दस वर्ष हो गए थे। हरिवल्लभ राय के ये दस वर्ष अच्छे नहीं बीते। जागीरदार देवी सिंह का अत्याचार और ऊपर से डाकुओं का आतंक था। हरिवल्लभ के ताल्लुके का रुपया डाकुओं ने लूट दिया और देवी सिंह का लगान नहीं गया। देवी सिंह ने ताल्लुका नीलाम करा लिया। हेस्टिंग्स तथा गोविंद सिंह की कृपा से सरकारी कर्मचारी देवी सिंह के दास थे। हरिवल्लभ का दस हजार का ताल्लुका देवी सिंह ने ढाई हजार रुपये में खरीद लिया था। शेष लगान भी नहीं चुका। देनदारी बढ़ने लगी। देवी सिंह से तंग आकर और जेल के भय से हरिवल्लभ ने दूसरी संपत्ति गिरवी रखकर ऋण चुकाया। इससे आय बहुत घट गई और खर्च कुछ भी घटा नहीं। हरिवल्लभ की पूजा, उत्सव, अन्य कर्म, दान-धर्म, लाठीबाजी पहले की ही तरह रहे डाकुओं के खजाना लूटने के बाद लठैत कुछ और बढ़ाने पड़े। खर्च का पूरा नहीं पड़ता था। सरकारी खजाने की कई किस्तें शेष रह गई जो संपत्ति बची थी, उसके भी बिक जाने की नौबत आ गई। ऋण पर ऋण लदता जा रहा था। सूद असल के बराबर हो गया था।

पचास हजार रुपया देवी सिंह का शेष रह गया। हरिवल्लभ रुपये का न कर सके। हरिवल्लभ राय की गिरफ्तारी का परवाना निकल गया।

ब्रजेश्वर रुपये के लिए अपनी ससुराल गया तो उसके ससुर बोले – "भैया, मेरा रुपया तुम्हारे लिए ही है। मेरा और है ही कौन, परंतु यह जब तक मेरे पास है, तब तक मेरा है। तुम्हारे बाप को दे दूँगा तो मेरे पास क्या बचेगा? महाजन सब ले लेंगे। तुम अपना धन क्यों नष्ट करना चाहते हो?"

ब्रजेश्वर बोला – “मुझे धन की आवश्यकता नहीं है। अपने बाप को बचाना मेरा धर्म है।”

ससुर बोले – “तुम्हारे बाप के बचने से मेरी बेटी को क्या लाभ? रुपया रहने से मेरी बेटी का दुःख दूर होगा, ससुर के रहने से नहीं।”

यह सुनकर ब्रजेश्वर को बहुत क्रोध आया। वह बोला – “तो आपकी लड़की रुपया लेकर रहे। दामाद की आपको क्या आवश्यकता है? मैं सर्वदा के लिए विदा होता हूँ।”

तब सागर के पिता ने लाल आखें करके ब्रजेश्वर का और अपमान किया। ब्रजेश्वर ने भी कड़ा उत्तर दिया। उसने चलने की तैयारी की। यह सुनकर सागर भयभीत हुई। सागर की माँ ने दामाद को अंदर बुलाया, बहुत समझाया, परंतु सब व्यर्थ!

एकांत में ब्रजेश्वर की सागर से भेंट हुई। उसने ब्रजेश्वर के पैर पकड़कर कहा – “एक दिन ठहरो। मैंने तो कोई अपराध नहीं किया।”

ब्रजेश्वर ने क्रुद्ध होकर पैर खींच लिए। पैर खींचने में कुछ जोर से सागर को पैर लग गया।

सागर ने समझा, पति ने लात मारी। वह पैर छोड़कर खड़ी हो गई और बोली – “मुझे लात मार रहे हो?”

ब्रजेश्वर ने लात मारी नहीं, लग गई, यह कह देने से ही बात समाप्त हो जाती, परंतु वह क्रुद्ध था, इसलिए सागर की त्यौरी देखकर उसका क्रोध भड़क गया। वह बोला – “यदि मारी ही है तो क्या हुआ? मेरा पैर तुम्हारे बाप ने भी एक दिन पूजा था।”

सागर क्रोध में अपने आपको भूल गई। वह बोली – “मैं उसका प्रायश्चित्त करूँगी।”

ब्रजेश्वर – तो तुम बदले में लात मारोगी?

सागर में इतनी नीच नहीं हूँ, परंतु यदि ब्राह्मण की बेटी हूँ तो मेरा पैर...

सागर की बात पूरी भी न हुई थी कि पीछे से किसी ने कहा – “नौकर की तरह दबाओगे।”

सागर भी शायद यही कहने जा रही थी। उसने बिना सोचे – समझे कह दिया – “गोद में रखकर नौकर की तरह दबाओगे।”

ब्रजेश्वर बोला – “तो मेरा यह प्रण है कि जब तक यह स्थिति पैदा न होगी, तब तक तुम्हारा मुँह न देखूँगा। प्रतिज्ञा भंग करूँ तो ब्राह्मण नहीं।” यह कहकर ब्रजेश्वर चला गया।

सागर रोने लगी। तभी नौकरानी वहाँ आई। उसे देखकर सागर ने उससे पूछा –
"खिड़की से तू बोली थी क्या?"

नौकरानी – नहीं, मैं तो कुछ नहीं बोली।

सागर – तब खिड़की पर कौन था?

तभी एक रूपवती और तेजस्विनी स्त्री ने कमरे में प्रवेश किया। वह बोली –
"खिड़की पर मैं थी।"

"तुम कौन हो?" सागर ने चकित होकर पूछा।

स्त्री – क्या तुम भी मुझे नहीं पहचानती?

सागर – नहीं तुम कौन हो?

"मैं देवी चौधरानी हूँ। "वह स्त्री बोली।

नौकरानी कांपती हुई बैठकर रोने लगी।

देवी चौधरानी बोली – "चुप रह हरामजादी! रोई तो जबान खींच लूँगी।"

नौकरानी सिसकती हुई खड़ी हो गई। सागर को भी पसीना आ गया था। वह
चुपचाप उसकी ओर देख रही थी। जो नाम उन्होंने सुना, उसे बच्चा, बूढ़ा कौन नहीं
जानता था? बड़ा भयानक नाम था, परंतु तभी सागर हंस पड़ी। देवी चौधरानी के चेहरे पर
भी मुस्कान खेल उठी। दोनों फिर बहुत देर तक ध्यानपूर्वक एक – दूसरे की ओर देखती
और बातें करती रहीं।

वर्षाकाल की चांदनी रात थी। त्रिस्रोता नदी में बाढ़ आ रही थी। चंद्रमा की किरणें
नदी की लहरों पर चमक रही थीं।

किनारे से कुछ दूर एक बजरा बंधा था। बजरे से कुछ दूर एक नाव थी। एक ओर
बांसों पर पाल बिछा था। उस पर मल्लाह सो रहे थे। बजरे की छत पर भी कोई था।

छत पर एक गलीचा बिछा था। वह बहुत सुंदर था। उस पर चित्र बने थे। गलीचे
पर एक स्त्री बैठी थी। उसके बालों पर चांद की किरणें पड़ रही थीं। बालों की सुगंध से
आकाश भर उठा था। जूही का गजरा उसके बालों में बंधा था।

रमणी साक्षात् सरस्वती के समान वीणा बजा रही थी। चंद्रमा की किरणें युवती के
अलंकारों पर नृत्य कर रही थीं।

एकाएक उसके कर्ण कुंडल हिल उठे। सर्प जैसे उसके केश लहराने लगे। वीणा पर
नट – रागिनी बजी और पाल पर सोए हुए मल्लाहों में से एक जाग उठा। वह चुपचाप
आकर सुंदरी के पास खड़ा हो गया।

उसने पूछा – "क्या हुआ?"

स्त्री – दिखाई नहीं पड़ा?

पुरुष – आ रहा है क्या?

स्त्री ने पुरुष को एक दूरबीन उठाकर दी। उसने दूरबीन से चारों ओर देखा। उसे एक बजरा दिखाई पड़ा। वह बोला "देख, वही है?"

"इधर और किसी बजरे के आने की बात तो नहीं थी?"

पुरुष फिर दूरबीन से इधर – उधर देखने लगा।

युवती बोली – "रंगराज!"

"आज्ञा?"

"क्या देख रहे हो?"

"देखता हूँ, कितने लोग हैं।

"कितने है?"

"ठीक से पता नहीं चल रहा, पर अधिक नहीं हैं।

"ठीक है, नाव खोलो और अंधेरे – अंधेरे चुपचाप चले जाओ।"

रंगराज ने कड़ककर कहा – "नाव खोलो।"

उस नाव पर पचास आदमी सोए हुए थे।

रंगराज की आवाज सुनकर वे सब उठ बैठे। उन्होंने अपने-अपने हथियार संभाल लिये। सब तैयार होकर बैठ गए। नाव चुपचाप खुलकर बजरे से आ लगी।

रंगराज हथियारों से सज्जित होकर उस पर सवार हो गया।

युवती बोली – "रंगराज! जो मैंने कहा, याद रखना।"

"याद है।" कहकर वह नाव पर बैठ गया। नाव चुपचाप किनारे – किनारे बढ़ चली।

जो बजरा रंगराज ने देखा था, वह बहता हुआ निकट आ गया था। नाव को बहुत दूर नहीं जाना पड़ा। बजरे के पास पहुँचकर नाव किनारा छोड़कर उस बजरे की ओर चली। शोर जरा भी नहीं हो रहा था।

बजरे की छत पर आठ सिपाही थे। उनमें दो व्यक्ति हथियारबंद थे। शेष छह वायु का आनंद ले रहे थे। वे सो रहे थे। पहरेवालो में से एक ने नाव को बजरे के निकट आते देखा। वह चिल्लाया – "नाव दूर रखो।

रंगराज बोला – "तुम दूर रखो अपना बजरा।"

पहरेदार ने धमकाने को गोली दागी।

रंगराज हंसकर बोला – "क्या पांडेजी के पास एक छर्रा भी नहीं है? लो, मुझसे ले लो।" यह कहकर रंगराज ने पहरेदार को निशाना बनाया, परंतु तुरंत ही बंदूक नीची करके कहा – "अभी तुझे मारूँगा नहीं, केवल तेरी लाल पगड़ी उड़ाऊँगा।" उसने बंदूक रखकर एक तीर चलाया, जिससे उसकी लाल पगड़ी उड़ गई।

पहरेदार भयभीत हो उठा।

नाव बजरे के पीछे लग गई। दस – बारह आदमी बजरे पर चढ़ गए। सोए हुए छ: पहरेदार बंदूक की आवाज सुनकर उठ तो गए थे, परंतु नींद में ही आक्रमणकारियों ने उन्हें बांध लिया। जगने वालों ने लड़ाई की, परंतु बहुत साधारण। शीघ्र ही उन्हें भी बांध लिया गया। बजरे में प्रवेश करना चाहा तो उसका द्वार बंद था।

बजरे के अंदर ब्रजेश्वर थे। वे ससुराल से घर लौट रहे थे। रास्ते में यह आफत आ गई।

रंगराज द्वार खटखटाते बोला – "दरवाजा खोलो महाशय!"

ब्रजेश्वर बोला – "कौन है?"

रंगराज ने कहा – "कोई बात नहीं। बजरे पर डकैती हुई है?"

ब्रजेश्वर तनिक स्तब्ध रहे, फिर पुकारा पांडे, तिवारी, रामसिंह।

रामसिंह ने छत पर से ही उत्तर दिया – "धर्मावतार! हम सबको बांधकर रखा है।"

ब्रजेश्वर हंसकर बोला – "बड़े दुःख की बात है, जो तुम्हारे जैसे बहादुरों को भी बांध लिया। डाकुओं ने बहुत बड़ा अपराध किया। अच्छा घबराओ नहीं, कल तुम्हारा प्रबंध होगा।"

रंगराज भी हंसकर बोला – "मेरी भी यही राय है। अब आप द्वार खोलिए।"

ब्रजेश्वर – तुम कौन हो?

रंगराज – मैं डाकू हूँ और आपसे द्वार खोलने की प्रार्थना करता हूँ।

ब्रजेश्वर – मैं द्वार क्यों खोलूँ?

रंगराज – हम लोग आपको लूटेंगे।

ब्रजेश्वर – क्या मुझे भी तुमने पहरेदार समझा है? मेरे हाथ में दुनाली बंदूक है। जो पहले घुसेगा, उसे जान से मार दूँगा।

रंगराज – एक आदमी नहीं घुसेगा। आप अपनी बंदूक से कितनों को मारेंगे ? फिर आप ब्राह्मण हो और मैं भी ब्राह्मण हूँ। एक और ब्रह्महत्या होगी। व्यर्थ ब्रह्म हत्या से क्या लाभ ?

ब्रजेश्वर – तो मैं ही वह पाप करूँगा।

दो डाकू उसी समय बगल का द्वार तोड़कर अंदर घुस गए। ब्रजेश्वर ने बंदूक घुमाकर उनको मारी तो उनमें से एक गिर पड़ा, तभी रंगराज ने सामने के द्वार पर दो लात मारी। द्वार टूट गया। रंगराज अंदर घुसा। ब्रजेश्वर रंगराज को निशाना बनाने लगे तो रंगराज ने बंदूक छीन ली। दोनों बलवान थे, परंतु रंगराज अधिक फुर्तीला था।

ब्रजेश्वर फुर्ती से तलवार खींचकर बोला – “देखो ठाकुर! मुझे ब्रह्म हत्या का भय नहीं है।” यह कहकर वह रंगराज पर झपटा, तभी टूटे हुए द्वार से चार – पांच डाकू और आ गए। उन्होंने ब्रजेश्वर के हाथ से तलवार छीन ली। दो डाकुओं ने उन्हें कसकर पकड़ लिया। एक डाकू रस्सी लेकर बोला – “बांधना पड़ेगा क्या ?”

ब्रजेश्वर बोला – “बांधना नहीं। मैं हार मानता हूँ। क्या चाहते हो ? बोलो, मैं देता हूँ।”

“आपके पास जो कुछ भी है, सब लूँगा। पहले शायद कुछ छोड़ देता, अब एक पैसा भी न छोड़ूंगा।”

ब्रजेश्वर – जो बजरे में है, ले जाओ। मैं बाधा नहीं डालूंगा।

डाकुओं ने सामान उठाना शुरू कर दिया। अब लगभग पच्चीस आदमी बजरे पर थे। सामान कुछ था नहीं पहनने के कपड़े, पूजा के बर्तन – बस, तब ब्रजेश्वर बोला – “सब ले चुके, अब जाओ।

रंगराज बोला – “जाता हूँ, परंतु आपको भी मेरे साथ चलना पड़ेगा।”

ब्रजेश्वर – मुझे कहाँ जाना होगा ?

रंगराज – हमारी रानी के पास।

ब्रजेश्वर – तुम्हारी रानी कौन है ?

रंगराज – हमारी राजरानी।

ब्रजेश्वर – वे हैं कौन ? क्या डाकुओं की भी राजरानी होती हैं ?

रंगराज – देवी रानी का नाम नहीं सुना तुमने ?

ब्रजेश्वर – तो तुम लोग देवी चौधरानी के दल के हो ?

रंगराज – दल क्या ? हम रानीजी के सेवक हैं।

ब्रजेश्वर – जैसी रानी, वैसे ही सेवक, परंतु मुझे उनके दर्शन करने क्यों जाना होगा ? क्या मुझे बंदी बनाकर कुछ वसूल करना चाहते हो ?

रंगराज – बजरे पर कुछ नहीं मिला। आपको रोकने से शायद हमें कुछ मिले।

ब्रजेश्वर – चलो मेरी भी चलने की इच्छा है। सुना है, तुम्हारी रानी देखने योग्य हैं ? वे युवती हैं न ?

रंगराज – वे हमारी माँ हैं। संतान अपनी माँ की आयु का लेखा – जोखा नहीं रखती।

ब्रजेश्वर – सुना है, वे बहुत रूपवती हैं।

रंगराज – हमारी माँ देवी के समान हैं।

ब्रजेश्वर – चलो, मैं भी देवी के दर्शन कर आऊँ।

ब्रजेश्वर रंगराज के साथ बाहर निकला। बजरे के मल्लाह भय से पानी में कूद पड़े थे। ब्रजेश्वर उनसे बोले – "तुम लोग बजरे पर आओ, डरो नहीं। अपने अल्लाह का नाम लो। तुम लोगों का सब कुछ सुरक्षित है।"

मल्लाह बजरे पर चढ़ गए।

ब्रजेश्वर रंगराज से बोला – "मेरे पहरेदारों के बंधन खोल दो।"

रंगराज बोला – "यदि इन्होंने खुलकर हम पर आक्रमण किया तो हम आपका सिर काट लेंगे। आप इन्हें यह समझा दें।"

ब्रजेश्वर ने पहरेदारों को समझा दिया। उन्हें आदेश दिया – "तुम लोग यहीं रहना, कहीं जाना नहीं। मैं अभी लौटकर आता हूँ।"

ब्रजेश्वर नाव पर चढ़ गए। नाव के माँझियों ने देवी रानी की जय-जयकार करके नाव को किनारे की ओर बढ़ा दिया।

ब्रजेश्वर ने रंगराज से पूछा – "तुम्हारी रानीजी कहाँ रहती हैं?"

रंगराज – वह बजरा देख रहे हो, वह उन्हीं का बजरा है।

ब्रजेश्वर – वह बजरा! मैंने तो उसे अंग्रेजी जहाज समझ लिया था। वह रंगपुर को लूटने आया था। इतने बड़े बजरे में रहती है तुम्हारी रानीजी?

रंगराज – वह रानी की तरह रहती है। इसमें सात कमरे हैं।

ब्रजेश्वर – इतने कमरों में कौन रहता है?

रंगराज – एक में उनका दरबार है। एक उनका शयनकक्ष है। एक में दासिया रहती हैं। एक स्नानगृह है। एक रसोई है। एक फाटक है।

नाव बजरे से जा लगी। अब देवी चौधरानी छत पर नहीं थी। नाव के निकट आने पर वह कमरे में चली गई थी। रंगराज ने द्वार पर 'रानीजी की जय' कहा। अंदर से देवी ने पूछा – "क्या समाचार है?"

"सब मंगल है।"

"कोई घायल तो नहीं हुआ?"

"कोई नहीं।"

"उन लोगों में से कोई मरा तो नहीं?"

"कोई नहीं। आपकी आज्ञानुसार कार्य हुआ है।"

"उनका कोई आदमी घायल हुआ है?"

"दो पहरेदारों को साधारण चोट आई है।"

"कुछ माल मिला?"

"सब ले आया हूँ। कुछ है नहीं।"

"बाबू?"

"बाबू को पकड़ लाया हूँ।"

"प्रस्तुत करो।"

रंगराज ने ब्रजेश्वर को द्वार पर खड़ा कर दिया।

देवी ने पूछा – "आप कौन हैं?"

ब्रजेश्वर निर्भीक व्यक्ति था। जिस देवी चौधरानी के नाम से पूरा उत्तरी बंगाल कांपता था, उसके पास आकर उसे हंसी आ गई। उसने मन – ही – मन में कहा – 'पुरुष भी कभी स्त्री से डरते हैं? स्त्री पुरुष की दासी है।' उसने हंसकर उत्तर दिया – "परिचय जानकर क्या करेंगी आप? मेरे धन से आपको मतलब था, वह आपने ले लिया। नाम से क्या रुपया मिलता है?"

देवी चौधरानी मिलेगा क्यों नहीं? आप किस हैसियत के आदमी हैं, यह पता लगने पर रुपया निकलेगा।

ब्रजेश्वर – क्या इसलिए मुझे पकड़वाकर मंगवाया है?

देवी चौधरानी – नहीं तो आपकी क्या आवश्यकता थी?

देवी परदे की आड़ में खड़ी थी। यह किसी ने नहीं देखा कि इस बीच में उसने कितनी बार अपनी आंखों के आंसू पोंछे।

ब्रजेश्वर – यदि मैं कहूँ कि मेरा नाम दुखीराम चक्रवर्ती है तो आप विश्वास करेंगी?

देवी चौधरानी – नहीं।

ब्रजेश्वर – तब पूछने से क्या लाभ?

देवी चौधरानी – मैं देखना चाहती हूँ कि आप कितना सत्य बोलते हैं?

ब्रजेश्वर – मेरा नाम कृष्ण गोविंद घोषाल है।

देवी चौधरानी – यह भी गलत है।

ब्रजेश्वर – दयाराम बख्शी है?

देवी चौधरानी – तुम्हारा यह नाम भी नहीं है।

ब्रजेश्वर – मेरा नाम ब्रजेश्वर राय...?

देवी चौधरानी – यह हो सकता है।

तभी देवी के पास एक और स्त्री चुपचाप आकर बैठ गई। वह उससे बोली – "आपका गला बैठ गया है?"

देवी के आंसू अब रुक न सके। वर्षाकाल में खिले फूलों से जैसे बूंदें टपकती हैं, वैसे ही देवी की आंखों से टपाटप आंसू गिरने लगे। देवी उस स्त्री से बोली – "मैं अभिनय नहीं कर पाऊँगी, अब तू बोल। सब जानती तो है। "यह कहकर वह दूसरे कमरे में चली गई। इसके बाद वह स्त्री देवी का आसन ग्रहण कर बातें करने लगी। वह स्त्री निशि ठकुरानी थी।

निशि बोली – "अब तुम सच बोले। तुम्हारा नाम ब्रजेश्वर राय ही है।"

ब्रजेश्वर चकरा गए। वे परदे के अंदर कुछ देख नहीं पा रहे थे, परंतु स्वर सुनकर उन्हें दोनों आवाजों में अंतर प्रतीत हुआ। वह आवाज बड़ी मीठी थी, यह उतनी मीठी नहीं थी।

ब्रजेश्वर बोले – "परिचय जानती हैं तो मोल – भाव कर लीजिए। मुझे आप किस शर्त पर छोड़ेंगी?"

"एक कानी कौड़ी देने पर। पास में हो तो देकर चले जाइए।"

"इस समय तो कानी कोड़ी भी नहीं है।"

"बजरे से ले आइए।"

"बजरे पर जो कुछ था, वह आपके आदमी ले आए। शेष कुछ नहीं वहाँ।"

"मल्लाहों से उधार माँग लीजिए।"

"उनके पास कानी कौड़ी भी नहीं रहती।"

"जब तक कीमत न चुकाइएगा, तब तक बंदी रहना होगा।"

ब्रजेश्वर ने सुना, अंदर किसी ने कहा – "रानीजी! यदि एक कानी कौड़ी इस व्यक्ति का मूल्य है तो मुझसे ले लीजिए और इसे मेरे हाथों बेच दीजिए।"

रानी बोली – "ले – ले, परंतु तुम करोगी क्या? ब्राह्मण है, पानी भरेगा नहीं, क्या करेगा?"

रमणी बोली – "मेरा रसोइया चला गया है। यह रसोई बनाएगा।"

निशि बोली – "सुना आपने? आप बेच दिए गए। मैं कानी कौड़ी पा गई। आपको अपने खरीदार के पास रसोई बनानी होगी।"

ब्रजेश्वर ने पूछा – "वह कहाँ है?"

निशि – वह स्त्री है, वह बाहर नहीं आ सकती। आप अंदर आइए।

ब्रजेश्वर ने कमरे में प्रवेश किया। वहाँ की सजावट देखकर वे विस्मित हो गए। कमरे की दीवारों पर अद्भुत चित्रकारी थी।

ब्रजेश्वर ने पूछा – "रानीजी को क्या कहकर आशीर्वाद दूँ?"

"मैं रानी नहीं हूँ।"

ब्रजेश्वर ने देखा, वे जिससे बात कर रहे थे, यह उसकी आवाज नहीं थी। हो भी सकती थी, क्योंकि स्त्री अपनी आवाज बदल सकती है, फिर चौधरानी इतनी मायाविनी न होती तो डकैती कैसे कर सकती थी? उसने पूछा – "अभी मैं जिनसे बातें कर रहा था, वे कहाँ गईं?"

सुंदरी बोली – "तुम्हें आने की आज्ञा देकर वे सोने के लिए चली गईं, परंतु तुम्हें क्या करना है, यह मैं बताऊँगी?"

ब्रजेश्वर – तुम कौन हो?

सुंदरी – तुम्हारी मालकिन?

ब्रजेश्वर – मेरी मालकिन!

सुंदरी – मैंने अभी – अभी तुम्हें कानी कौड़ी देकर खरीदा है।

ब्रजेश्वर – तो तुम्हें क्या कहकर आशीर्वाद दूँ?

सुंदरी – आशीर्वाद के बहुत से तरीके होते हैं।

ब्रजेश्वर – हाँ, सधवा, विधवा, पुत्रवती...।

सुंदरी – मुझे शीघ्र मरने का आशीर्वाद दीजिए।

ब्रजेश्वर – मैं यह आशीर्वाद नहीं दे सकता। तुम्हारी एक सौ तीन वर्ष की आयु हो।

सुंदरी – मेरी आयु पच्चीस वर्ष है। तुम अठत्तर वर्ष मेरी रसोई बनाओगे?

ब्रजेश्वर – पहले एक दिन तो बनाऊँ। यदि बनवा सकोगी तो अठत्तर वर्ष तक भी बनाऊँगा।

सुंदरी – बैठो, कैसी रसोई बनाते हो?

ब्रजेश्वर गलीचे पर बैठ गए।

सुंदरी ने पूछा – "तुम्हारा नाम क्या है?"

ब्रजेश्वर – वह तो तुम जानती ही हो, मेरा नाम ब्रजेश्वर है। तुम्हारा नाम क्या है? तुम्हारा गला रुंधा हुआ क्यों है? क्या तुम्हारा मुझसे कोई पुराना परिचय है?

सुंदरी – मैं तुम्हारी मालकिन हूँ। मुझसे 'आप' कहकर बातें करो।

ब्रजेश्वर – जी, अब ऐसा ही होगा। आपका नाम क्या है?

सुंदरी – नाम मेरा पांच कौड़ी है, पर तुम मेरे नौकर हो। नाम लेकर न पुकारना। क्या मैं भी तुम्हारा नाम लेकर न पुकारू?

ब्रजेश्वर – तब मैं 'जी' कैसे कहूँगा?

"मैं तुम्हें रामधन कहूँगी। तुम मुझे मालकिन कहना। अब बोलो "तुम्हारा घर कहाँ है?"

ब्रजेश्वर – एक कौड़ी से खरीदे हुए दास का इतना परिचय जानने की क्या जरूरत है?

सुंदरी – चलो न बताओ। रंगराज से पूछ लूँगी। तुम राढ़ी हो या वारेंद्र या वैदिक ब्राह्मण?

ब्रजेश्वर – मैं कुछ भी सही। मेरे हाथ की रसोई तो खाएँगी ही आप?

सुंदरी – यदि तुम मेरी श्रेणी के न होगे, तो मैं तुम्हारे हाथ की रसोई कैसे खाऊँगी? तुम्हें दूसरा काम दूँगी।

ब्रजेश्वर – दूसरा क्या काम होगा?

सुंदरी – पानी भरना, लकड़ी काटना, बहुत काम हैं।

ब्रजेश्वर – मैं राढ़ी हूँ।

सुंदरी – तब तो तुम्हें पानी भरना और लकड़ी काटनी होगी। मैं वारेंद्र हूँ। तुम कुलीन राढ़ी हो या वंशज?

ब्रजेश्वर – ये सब बातें तो विवाह के समय पूछी जाती हैं। क्या मेरा विवाह कराइएगा आप? वैसे मैं विवाहित हूँ।

सुंदरी – विवाहित हैं? कितने विवाह हुए हैं?

ब्रजेश्वर – पानी भरना पड़ेगा तो भरूँगा, परंतु इतना परिचय नहीं दूँगा। पांच कौड़ी रानी को पुकारकर बोली – "रानीजी! ब्राह्मण बड़ा हठी है। बात का उत्तर नहीं देता।"

दूसरे कमरे से निशि बोली – "बेंतें लगाओ, तभी एक दासी लपलपाती हुई आई और बेंत गद्दे पर रख गई। पांच कौड़ी ने रूमाल में हंसी रोककर दो बार कालीन पर बेंत को फटकारा और ब्रजेश्वर से बोली – "देख रहे हो ? कितनी लचकदार हैं यह बेंत ?"

ब्रजेश्वर मुस्कराकर बोले – "आप सब कुछ कर सकती हैं। पूछिए – क्या पूछती हैं ?"

सुंदरी – अब तुम्हारा परिचय लेकर क्या होगा? तुम्हारे हाथ की रसोई तो खानी नहीं है। तुम और क्या कर सकते हो, वह बताओ ?

ब्रजेश्वर – आज्ञा दीजिए। आप क्या कराना चाहती हैं ?

सुंदरी – पानी खींचकर ला सकते हो ?

ब्रजेश्वर – नहीं, यह काम मैंने कभी किया नहीं।

सुंदरी – लकड़ी काटकर ला सकते हो ?

ब्रजेश्वर – नहीं, यह भी मुझसे नहीं होगा।

सुंदरी – बाजार से सामान खरीदकर ला सकते हो ?

ब्रजेश्वर – यह काम कुछ कर सकता हूँ।

सुंदरी – कुछ से काम नहीं चलेगा। पंखा झल सकते हो ?

ब्रजेश्वर – हाँ, इसमें मुझे कोई आपत्ति नहीं है।

सुंदरी – तो यह पंखा लेकर हवा करो।

ब्रजेश्वर पंखा झलने लगा।

पांच कौड़ी बोली – "क्या तुम पैर भी दबा सकते हो ?"

ब्रजेश्वर ने सोचा, शायद डाकुओं की सरदार को प्रसन्न करके उसे मुक्ति मिल सके। वह बोला – "आप जैसी सुंदरी के पैर दबाने हों तो मैं अपना सौभाग्य...।"

"तब जरा दबाओ।" कहकर पांच कौड़ी ने अपना पैर ब्रजेश्वर की जांघ पर रख दिया।

ब्रजेश्वर को पैर दबाना पड़ गया। वह लाचारी में पैर दबाने लगा। इसके साथ ही वह सोचने लगा, यह ठीक नहीं हुआ, प्रायश्चित्त करना होगा, परंतु किसी प्रकार यहाँ से छुटकारा तो मिले।

पांच कौड़ी बोली – "रानीजी! तनिक इधर आइए।"

देवी के आने की आहट सुनकर ब्रजेश्वर ने पैर हटा दिया। पांच कौड़ी हंसकर बोली – "यह क्या? भागते क्यों हो?"

पांच कौड़ी ने स्वाभाविक स्वर में यह बात कही थी।

ब्रजेश्वर ने विस्मित होकर स्वयं से कहा – 'यह तो पहचानी हुई आवाज है।' उसने साहसपूर्वक पांच कौड़ी के मुख का रुमाल हटा दिया। पांच कौड़ी खिलखिलाकर हंस पड़ी। ब्रजेश्वर विस्मित होकर बोले – "यह क्या... तो तुम! सागर हो!"

"हाँ, मैं सागर हूँ। गंगा नहीं, यमुना नहीं, ताल-तलैया नहीं; साक्षात् सागर हूँ। तुम्हारा अभाग्य था, जो तुम किसी पर – स्त्री के आनंदपूर्वक पैर दबा रहे थे और जब घर की स्त्री ने पैर दबाने को कहा था तो क्रुद्ध होकर चले आए थे। खैर, मेरी बात पूरी हो गई और आपकी भी आपने मेरा पैर दबाया है, अब आप मेरा मुँह देख सकते हैं। अब चाहे चरणों में स्थान दें या त्याग दें। आपने यह भी देख लिया कि मैं ब्राह्मण की बेटी हूँ?"

ब्रजेश्वर ने सहमे हुए स्वर में पूछा – "सागर! तुम यहाँ कैसे?"

सागर बोली – "सागर के स्वामी, आप यहाँ कैसे?"

ब्रजेश्वर – मैं तो बंदी हूँ। क्या तुम भी बंदी हो? मुझे यहाँ पकड़कर लाया गया है? क्या तुम्हें भी इसी प्रकार लाया गया है?

सागर – मैं बंदी नहीं हूँ और न ही मुझे कोई पकड़कर लाया है। मैंने स्वयं अपनी इच्छा से देवी रानी की सहायता ली है। आपसे पैर दबवाने के लिए मैं देवी रानी के राज्य में आई हूँ?

उसी समय निशि वहाँ आ गई। उसके वस्त्राभूषणों की चमक देखकर ब्रजेश्वर ने समझा शायद वही देवी रानी है। वह उठ खड़ा हुआ।

निशि बोली – "डकैत होने पर भी स्त्रियों को इतने सम्मान की आवश्यकता नहीं होती। आप बैठिए। अब जान गए कि आपके बजरे को क्यों रोका गया था? सागर का प्रण पूरा हो गया। अब यदि आप यहाँ से जाना चाहें तो जा सकते हैं। आपका सब सामान बजरे पर भेजा जा रहा है, परंतु सागर का क्या होगा? अब यह बाप के यहाँ कैसे लौटेगी? इसे आप अपने साथ ले जाइए।"

ब्रजेश्वर की समझ में कुछ न आया, तब क्या डकैती झूठी थी? क्या ये लोग डाकू नहीं है? उसने पूछा – "तुम लोगों ने मुझे खूब मूर्ख बनाया। मैंने समझा था कि मेरे बजरे पर देवी चौधरानी के दल ने डाका डाला है।"

निशि बोली – "यह देवी चौधरानी का ही बजरा है देवी रानी सचमुच डकैती डालती हैं"

ब्रजेश्वर देवी रानी डकैती डालती है? तो क्या आप देवी चौधरानी नहीं है?

निशि – जी नहीं। यदि आप उनके दर्शन करना चाहें तो वे दर्शन दे सकती हैं, परंतु पहले जो कहती हूँ, वह सुनिए हम डकैती ही डालते हैं, परंतु आपसे ऐसा कोई अभिप्राय नहीं था। हमें केवल सागर की प्रतिज्ञा पूर्ण करानी थी। अब बताइए, सागर घर कैसे जाए?

"जिस तरह आई थी, उसी तरह जाए।"

"यह रानीजी के साथ आई थी।"

"मैं भी वहीं से आ रहा हूँ। वहाँ तो मैंने रानीजी को कहीं नहीं देखा।"

"आपके चले आने के बाद रानीजी वहाँ पहुँची थीं।"

"तब इतना शीघ्र यहाँ कैसे पहुँच गई?"

"हमारी नाव देखी है आपने। उसमें पचास डांडे एक साथ लगते हैं।"

"तब आप ही इन्हें नाव पर पहुँचा आइए।"

"इसमें कठिनाई है। वह बिना किसी से कहे आई हैं। लौटने पर घर – भर पूछताछ करेगा। आपके साथ जाने पर कोई कुछ न कहेगा।"

"चलो, यही सही। आप नाव तैयार कराएं।"

"अभी कराती हूँ।" कहकर निशि वहाँ से चली गई।

एकांत पाकर ब्रजेश्वर ने पूछा – "सागर! तुमने यह प्रतिज्ञा क्यों की थी?"

सागर मुँह ढांपकर रोने लगी। वह सिसक – सिसककर बहुत रोई, फिर बोली – "पीछे देवी रानी सुन रही थीं ना!"

ब्रजेश्वर ने पूछा – "सागर, तुमने मुझे बुलाया क्यों नहीं? बुला लेती तो सब समाप्त हो जाता।"

"कर्म का भोग, परंतु मैंने न पुकारा तो तुम क्यों नहीं लौटे?"

"तुमने मुझे भगा दिया था। बिना बुलाए कैसे आता?"

अंत में ब्रजेश्वर ने पूछा "सागर! तुम डाकुओं के साथ वहाँ क्यों आई?"

सागर ने कहा – "देवी रिश्ते में मेरी बहन लगती हैं। मेरा उनसे पहला परिचय था। तुम्हारे आने पर वे पहुँची थीं। मुझे रोती देखकर बोलीं – "रोती क्यों हो, तुम्हारे श्याम –

सलौने को मैं अभी पकड़वा मंगाती हूँ। मेरे साथ चलो, तब मैं उनके साथ चली आई। मैं नौकरानी से कह आई हूँ कि मैं तुम्हारे साथ जा रही हूँ।"

ब्रजेश्वर बोले – "परंतु देवी रानी तो कुछ कहती नहीं।"

सागर ने देवी को पुकारा तो देवी नहीं, निशि आई। उसे देखकर ब्रजेश्वर बोले – "नाव तैयार हो तो मैं जाऊँ?"

निशि – नाव तुम्हारी ही है, परंतु तुम रानीजी के बहनोई हो। यहाँ आने पर आपका स्वागत भी तो होगा। अपमान जो कर डाला हमने, उसका हमें बड़ा दुःख हैं। डाकू हैं तो क्या हिंदू नहीं हैं?

"क्या आज्ञा है?"

"पहले ठीक से बैठिए।"

ब्रजेश्वर बोला – "मैं बड़े आराम से बैठा हूँ।"

निशि सागर से बोली – "तुम्ही उठाकर बैठाओ। हम तुम्हारी चीज को नहीं छू सकते, सोना-चांदी छोड़कर।"

"तो क्या में पीतल कांसा हूँ?"

"पुरुष स्त्री का बर्तन – भांडा ही तो होते हैं। उनके बिना गृहस्थी चलती नहीं, इससे रखना पड़ता है। उसे माँजने, धोने, उठाने रखने में जान निकल जाती है। सागर अपना लोटा-थाली संभालो।"

"एक तो पीतल कांसा, फिर लोटा थाली। घड़ा, कलसा कहलाने योग्य भी नहीं?"

"मैं तो वैष्णवी हूँ। घर-गृहस्थी की बातें सागर से जानी हैं।"

"सागर बोली – "पुरुष वास्तव में कलसा होते हैं, हृदय के खाली हर गुणवती उन्हें पूर्ण रखती हैं।"

निशि – तूने ठीक कहा सागर! तभी तो स्त्रियां इन्हें अपने गले में बांधकर संसार – सागर से डूब मरती हैं। तू संभाल अपना कलसा और रख ठिकाने।

ब्रजेश्वर – कलसा स्वयं ठिकाने हो जाता है।

यह कहकर ब्रजेश्वर गद्दे पर बैठ गया, तभी दो और सुंदर वेशभूषा धारण किए युवती दासियां आकर सोने का चंवर झलने लगीं।

निशि सागर से बोली – "अपने पति के लिए तंबाकू भर ला"

सागर फुर्ती से सुगंधित तंबाकू भर लाई।

ब्रजेश्वर बोले – "मुझे दूसरे हुक्के पर तंबाकू दो।"

निशि – यह जूठा नहीं है। इस पर कभी किसी ने तंबाकू नहीं पिया है। हम तंबाकू नहीं पीते।

"तब यह कहाँ से आया?"

"देवी की रानीगिरी की दुकानदारी है यह सब।"

"पर मैं जब यहाँ आया था, तब कोई तंबाकू पी रहा था?"

"कोई नहीं।"

ब्रजेश्वर ने गुड़गुड़ी के मुँह – नाल देखे, वे नए थे। वे धूम्रपान करने लगे।

निशि सागर से बोली – "तू यहाँ क्या कर रही है? जा, पान लगाकर ला। अपने हाथों से लगाना। हो सके तो टोना कर देना।"

सागर बोली – "पान तो मैंने लगाया है, परंतु जादू – टोना नहीं जानती। जानती तो मेरी यह दशा क्यों होती?"

निशि – पति के लिए कुछ जलपान ले आ।

ब्रजेश्वर बोला – "अरे बाप रे! बाप!! इतनी रात गए जलपान। क्षमा करो मुझे।"

परंतु उसकी बात किसी ने नहीं सुनी। सागर ने बराबर के कमरे में आसन बिछाकर थालियों में सामग्री सजा दी। सोने के पात्र में शीतल सुगंधित जल रखा।

निशि बोली – "उठो।"

ब्रजेश्वर हाथ जोड़कर बोले – "डकैती डालकर मुझे बंदी बना लिया। वह अत्याचार मैंने सहा, परंतु इतनी रात को यह अत्याचार न सह सकूँगा।"

अंत में ब्रजेश्वर को कुछ खाना ही पड़ा।

सागर निशि से बोली – "ब्राह्मण को भोजन कराकर दक्षिणा देनी पड़ती है।"

निशि बोली – "दक्षिणा रानीजी स्वयं देंगी।" यह कहकर वह ब्रजेश्वर को अन्य कमरे में ले चली।

भोजन के पश्चात् निशि ब्रजेश्वर को देवी के शयनागार में ले गई। शयनागार दरबार की तरह सजा था। एक स्वर्णमंडित पलंग था, जिसमें मोती की झालरें लगी थीं, किंतु ब्रजेश्वर का ध्यान उधर नहीं था। वह तो उस अतुल संपत्ति की स्वामिनी से मिलने आया था। एक ओर काठ की चौकी पर घूंघट निकाले एक स्त्री बैठी थी।

निशि और सागर में ब्रजेश्वर ने जो चंचलता देखी थी, वह उसमें नहीं थी। वह धीर और गंभीर थी। उसका मुख लज्जा से झुका हुआ था। वह एक मोटी धोती और हाथ में एक साधारण गहना पहने हुए थी।

निशि चली गई तो देवी ने उठकर ब्रजेश्वर को प्रणाम किया। ब्रजेश्वर और भी चकित हुआ। अन्य किसी ने उसे प्रणाम नहीं किया था। ब्रजेश्वर ने देखा, वह वास्तव में देवी मूर्ति थी। वह मूर्ति उसने पहले भी कभी देखी थी। उस मुख को देखकर ब्रजेश्वर को उसकी याद आई। क्या उस मुख और इस मुख में कोई समानता थी? ब्रजेश्वर एकटक देखने लगे, परंतु वह तो बहुत दिन हुए मर चुकी। कभी-कभी किसी का मुख देखकर मनुष्य को अन्य की स्मृति हो आती है।

ब्रजेश्वर का हृदय भर आया। उसकी आंखों में आंसू आ गए। देवी उन्हें देख न पाई। दोनों मेघों में बिजली भरी थी।

देवी बोली – "मैंने आज आपको कष्ट दिया। कारण आप जानते ही हैं। मेरा अपराध क्षमा कर दीजिए।"

ब्रजेश्वर बोले – "आपने मेरा उपकार ही किया है।" ब्रजेश्वर और कुछ न कह सका।

देवी चौधरानी – आपने हमारे यहाँ जलपान करके हमारी प्रतिष्ठा बढ़ाई। आप कुलीन हैं, आपकी मर्यादा रखना हमारा धर्म है। आप हमारे संबंधी हैं। मैं जो दक्षिणास्वरूप आपको दे रही हूँ, कृपया ग्रहण कीजिए।

ब्रजेश्वर – स्त्री से बढ़कर और क्या धन हो सकता है रानीजी? आपने मुझे वही दे दिया। इससे अधिक और क्या दीजिएगा?

इसके साथ ही ब्रजेश्वर ने मन में कहा – 'ओह ब्रजेश्वर! तूने यह क्या कह दिया। स्त्री से बढ़कर कौन धन है, तब बाप – बेटे ने मिलकर प्रफुल्ल को क्यों भगा दिया था?"

देवी एक चांदी की कलसी ब्रजेश्वर के पास रखकर बोली – "आपको यह ग्रहण करनी होगी।"

ब्रजेश्वर – आपके बजरे पर सोना-चांदी बिखरा पड़ा है। अगर मैं यह न लूँ तो सागर क्रुद्ध होगी, परंतु एक बात है...।

बात समझकर देवी बोली – "मैं शपथ से कहती हूँ कि यह चोरी या डकैती का धन नहीं है। मेरी अपनी संपत्ति है। अतएव संकोच न करें।"

ब्रजेश्वर उद्यत हो गया।

ब्रजेश्वर ने कलसी में हाथ डालकर देखा तो उसमें मोहरें थीं, पूछा – "यह जो इस कलसी में भरा है, इसे कहाँ उलट दूँ?"

"वह सब आपको दे रही हूँ?"

"ये सब?"

"हाँ सब।"

"इसमें कितनी मोहरे हैं?"

"तैंतीस सौ।"

"तैंतीस सौ मोहरे अर्थात् पचास हजार रुपये से भी अधिक शायद सागर ने आपसे रुपये की बात की है।"

"मैंने सागर से सुना था कि आपको पचास हजार रुपये की आवश्यकता है।"

"इसीलिए आपको ये दे रही हैं।"

"यह रुपया मेरा नहीं है। न ही मुझे इसे दान करने का कोई अधिकार है। यह सब रुपया देवता का है, अधिकार मेरा है। उसी में से मैं आपको ऋण दे रही हूँ।"

"मुझे इन रुपयों की इस समय बहुत आवश्यकता है। इनके लिए मुझे चोरी – डकैती भी करनी पड़ती तो मैं करता। मेरे पिता संकट में हैं। यह रुपया मुझे कब चुकाना होगा?"

"देवता की संपत्ति देवता को मिल जाए – बस! मेरी मृत्यु का समाचार पाकर इनमें एक मोहर सूद की मिलाकर देव सेवा में खर्च कर देना आप।"

"यह तो आपको धोखा देना हुआ। मुझे यह स्वीकार नहीं है।"

"तब आपकी जैसी इच्छा हो, वैसे चुका दीजिए।"

"धन एकत्रित होने पर आपके पास भेज दूँगा।"

"आपका कोई आदमी मेरे पास नहीं आ सकेगा।"

"मैं स्वयं रुपया लेकर आऊँगा।"

"कहाँ आओगे? मैं एक स्थान पर तो नहीं रहती।"

"आप जहाँ कहें।"

"दिन निश्चित करें तो मैं स्थान बता सकती हूँ।"

"मैं माघ या फागुन में रुपया एकत्रित कर पाऊँगा। वैशाख में रुपया लौटा दूँगा।"

"तब बैशाख के शुक्ल पक्ष की सप्तमी को रात्रि में रुपया लेकर यहीं आना। सप्तमी, चंद्रास्त तक मैं यहीं रहूँगी। चंद्रास्त के पश्चात् भेंट न होगी।"

ब्रजेश्वर ने स्वीकार कर लिया। देवी ने दासी को कलसी नाव पर रख आने की आज्ञा दी। ब्रजेश्वर भी आशीर्वाद देकर नाव पर जाने को उद्यत हुए। देवी रोककर बोली – "यह तो ऋण हुआ, दक्षिणा कहा दी है अभी?"

"कलसी दक्षिणा में है।"

"वह आपके योग्य नहीं।"

यह कहकर देवी ने अपनी अंगूठी उतारी। ब्रजेश्वर ने प्रसन्नतापूर्वक उसे लेने के लिए हाथ बढ़ाया। देवी ब्रजेश्वर का हाथ पकड़कर अंगूठी पहनाने लगी।

ब्रजेश्वर का हृदय जाने कैसा होने लगा। उनका बदन कंटकित हो गया। हृदय में जैसे अमृत की धारा बहने लगी। वह हाथ खींचना भूल गए, तभी दो बूंदें आंसुओं की ब्रजेश्वर के हाथ पर गिरी।

ब्रजेश्वर ने देखा, देवी का चेहरा आंसुओं से भीगा था। ब्रजेश्वर को वह मुख याद आ गया। उस रात्रि को वह मुख भी उसी प्रकार आंसुओं से भीगा हुआ था। उन आंसुओं को पोंछना भी याद आया। ब्रजेश्वर ने अनायास ही देवी का मुख ऊपर उठाया, वह बिलकुल प्रफुल्ल के मुख जैसा था।

ब्रजेश्वर के सिर पर जैसे आकाश टूट पड़ा। उसने यह क्या किया? क्या यह प्रफुल्ल थी? वह तो दस वर्ष हुए मर चुकी। वह भागकर नाव पर जा चढ़ा? सागर को भी साथ न ले जा सका।

सागर बोली – "पकड़ो-पकड़ो, आसामी भाग रही है।" यह कहती हुई वह जाकर नाव पर चढ़ गई।

नाव ब्रजेश्वर और सागर को उनके बजरे पर पहुँचा आई।

उधर निशि ने देखा, देवी शयनागार में पड़ी रो रही थी। उठाकर बैठाया और आँसू पोंछकर बोली – "क्या यही आपका निष्काम धर्म है ? क्या यही संन्यास है ? आपका भगवद् – वाक्य कहाँ गया ?"

देवी चुप रही।

निशि बोली – "यह व्रत तुम जैसी स्त्रियों के लिए नहीं है। इसके लिए मेरे जैसी स्त्री होनी चाहिए। मुझे रुलाने को कोई ब्रजेश्वर नहीं है। मेरा ब्रजेश्वर और बैकुंठेश्वर एक हैं।"

देवी आंखें पोंछकर बोली – "तुम यमराज के यहाँ जाओ।"

"मुझे कोई आपत्ति नहीं है, परंतु मुझ पर यमराज का कोई अधिकार नहीं है। तुम संन्यास छोड़कर घर लौट जाओ।"

"वह मार्ग खुला होता तो इधर न आती। बजरा खोलने को कहो। पाल उठवा दो।"

11

ब्रजेश्वर अपने बजरे पर आकर भी गंभीर रहा। सागर से बोला तक नहीं। उसने देखा कि देवी का बजरा हवा की तरह उड़ गया था, तब उसने सागर से पूछा – "बजरा कहाँ गया ?"

"देवी यह बात किसी को नहीं बतातीं।"

"यह देवी कौन हैं ?"

"देवी, देवी हैं।"

"यह तुम्हारी कौन होती हैं ?"

"बहन।"

"कैसे बहन ?"

"नाते की।"

ब्रजेश्वर चुप हो गए। उन्होंने मल्लाहों से पूछा – "तुम लोग उस बजरे के साथ अपना बजरा ले जा सकते हो ?"

मल्लाह बोले – "असंभव! वह टूटे तारे की तरह जा रहा है।"

ब्रजेश्वर फिर चुप हो गया।

सागर सो गई।

सवेरा होने पर सागर का बजरा चल पड़ा। सागर ब्रजेश्वर के पास आकर बैठ गई। ब्रजेश्वर ने पूछा – "क्या देवी डकैती करती हैं ?"

"तुम क्या समझते हो ?"

"डकैती का सब सामान उनके पास है। वे चाहें तो कर सकती हैं, परंतु विश्वास नहीं होता।"

"विश्वास क्यों नहीं होता?"

"पता नहीं, परंतु बिना डकैती के इतना धन उन्होंने कहाँ से प्राप्त किया?"

"कोई कहता है – देवता ने दिया है। कोई कहता है – देवी को गड़ा हुआ धन मिला है। कोई कहता है – देवी सोना बनाना जानती हैं।"

"देवी क्या कहती हैं?"

"देवी कहती हैं कि उनका कुछ नहीं है, सब पराया है।"

"यह धन पाया कहाँ से?"

"मैं क्या जानूँ?"

"पराए धन पर इतनी अमीरी है? मालिक कुछ कहेगा नहीं?"

"देवी अमीरी नहीं करती। जमीन पर सोती हैं। गाढ़ा पहनती हैं। कल जो था, वह दुकानदारी थी। यह तुम्हारे हाथ में क्या है?"

सागर ने ब्रजेश्वर की उंगली में अंगूठी देखी।

ब्रजेश्वर बोला – "देवी की नाव पर जलपान किया था न! उन्होंने मुझे यह अंगूठी दक्षिणा में दी है।"

"देखूँ।"

ब्रजेश्वर ने अंगूठी सागर को दी।

सागर ने उसे उलट – पलटकर देखा। वह बोली – "इसमें देवी चौधरानी का नाम लिखा है?"

"कहाँ?"

"अंदर।"

ब्रजेश्वर उसे पढ़कर बोला – "अरे! यह क्या? यह तो मेरा नाम है। यह तो मेरी अंगूठी है। सागर! तुम्हें मेरी कसम, सच – सच बताओ – देवी कौन हैं?"

"तुम न पहचान सके तो मेरा क्या दोष? मैंने तो एक क्षण में पहचान लिया था।"

"प्रफुल्ल!"

"वे कौन हैं? देवी ही तो हैं प्रफुल्ल।"

ब्रजेश्वर चुप रहा।

सागर ने देखा, उसका बदन अपूर्व आनंद से भर गया। उसका चेहरा चमक उठा, परंतु आँखे सजल हो गईं। सागर की ओर देखते हुए उसने अपनी आँखे मूंद लीं और उसकी गोद में सिर रखकर लेट गया।

सागर ने कातर होकर बहुत पूछा, परंतु उत्तर न पाया। केवल एक बार कहा – "प्रफुल्ल डाकू है क्या?"

देवी का बजरा अपने स्थान पर पहुँच गया। देवी ने नदी में स्नान किया। उन्होंने देह और सिर पर नदी की मिट्टी पोत ली और रुखे केश फैला दिए। भीगी साड़ी में देवी का अनुपम सौंदर्य प्रकट हुआ। इस वेश में वे साक्षात् देवी लग रही थीं।

इसी अपूर्व वेश में एक स्त्री को साथ लेकर देवी ने जंगल में प्रवेश किया।

देवी जंगल में काफी दूर जाकर अपनी दासी से बोली – "दिवा! तू यहीं बैठ, मैं अभी आती हूँ।" यह कहकर देवी ने घने जंगल में प्रवेश किया। जंगल में एक सुरंग थी। नीचे एक कोठरी थी, जहाँ अंधेरा था। पहले वहाँ मंदिर था। देवी अंधकार में सीढ़ियां उतरने लगीं।

मंदिर में एक दीपक टिमटिमा रहा था। उसके प्रकाश में एक शिवलिंग दिखाई दिया। एक ब्राह्मण शिवलिंग के सामने पूजा कर रहा था।

देवी शिवलिंग को प्रणाम करके बैठ गई। ब्राह्मण पूजा समाप्त कर देवी से बातें करने लगा।

"माँ! कल रात तुमने डकैती की थी?"

"आप क्या जानते हैं?"

"क्या जानूँ?"

ब्राह्मण भवानी पाठक थे।

देवी बोली – "क्या जानूँ, क्यों ठाकुर? क्या आप मुझे नहीं पहचानते? मैं दस वर्ष डाकुओं के साथ रही हूँ। लोग जानते हैं, जितनी डकैती डाली जाती हैं, मैं डालती हूँ, परंतु मैंने कभी यह नहीं किया, यह आपको ज्ञात है, फिर भी आप कहते हैं, क्या जानूँ?"

"क्रुद्ध क्यों होती हो? हम लोग जिस लिए डकैती डालते हैं, उसे बुरा नहीं मानते। बुरा समझते तो करते ही नहीं। तुम भी इसे बुरा नहीं समझती। इन दस वर्षों में...।"

“इस विषय में मेरा मत बदल चुका है। मैं अब तक आपकी बातों से अनभिज्ञ थी, अब नहीं हूँ। दूसरे का धन लूटना यदि बुरा नहीं है तो क्या है? मैं अब आपसे कोई संबंध न रखूंगी।”

“यह क्या? इतने दिन जो समझाया, क्या वह फिर से समझाना होगा? यदि मैं डकैती की एक कौड़ी भी अपने काम में लूँ तो यह पाप है तुम जानती हो, मैं दूसरों को देने के लिए डकैती डालता हूँ। हम भले आदमियों को नहीं लूटते। हम जालिम आदमियों का धन लूटकर उन्हें देते हैं जिन पर अत्याचार होता है। देश में अराजकता फैली हुई है। दुष्ट का दमन करने वाला कोई नहीं है, इसलिए हम तुम्हें रानी बनाकर राज – शासन चलाते हैं। तुम्हारे नाम से दुष्टों का दमन और शिष्टों का पालन करते हैं।”

“राजा – रानी आप जिसे बनाना चाहें बना सकते हैं। आप मुझे छुट्टी दीजिए। मेरा मन इसमें नहीं लगता।”

“इस राज्य को संभालने के लिए अन्य किसी के पास इतना अतुल्य ऐश्वर्य नहीं है। तुम्हारे दान से सब तुम्हारे वश में रहते हैं।”

“मैं यह सब धन आपको देती हूँ। जैसे मैं खर्च करती हूँ, वैसे ही आप करें। मैं अब काशी जाकर रहूँगी।”

“लोग केवल तुम्हारे धन से प्रभावित नहीं हैं तुम रूप, गुण, हर चीज में राजरानी लगती हो। बहुतेरे तुम्हें साक्षात् भगवती मानते हैं। तुम सबकी मंगलकारिणी हो। दान करती हो। भगवती के समान रूपवती हो। तुम्हारे नाम पर हम शासन चला रहे हैं।”

“इसीलिए लोग मुझे डाकू समझते हैं। यह कलंक मरने पर भी नहीं मिटेगा।”

“कलंक! वारेंद्रभूम में क्या कभी कोई इस नाम को कलंकित कर सकता है? चलो, उसे जाने दो। धर्म – कार्य में यश – अपयश नहीं देखा जाता है। कलंक के भय से कर्म निष्काम कैसे हुआ? कलंक की बात सोचकर तुमने केवल अपना हानि – लाभ सोचा, दूसरों का नहीं? यह आत्म – विसर्जन कहाँ हुआ?”

“मैं तर्क में आपसे नहीं जीत सकती। आप महामहोपाध्याय हैं। मेरी स्त्री – बुद्धि में जो आता है, वही कहती हूँ। मैं इस पद से मुक्त होना चाहती हूँ। मुझे यह भला नहीं लगता।”

“भला नहीं लगता तो कल रंगराज को डकैती के लिए क्यों भेजा? सही कहना। मुझसे कुछ छिपा हीं है।”

“छिपा नहीं है तो यह भी ज्ञात होगा कि रंगराज ने डकैती नहीं डाली, केवल अभिनय किया था।”

"यह मैं नहीं जानता, इसीलिए पूछ रहा हूँ।"

"यह काम एक आदमी को पकड़ने के लिए किया था।"

"किस आदमी को?"

नाम देवी के मुँह से नहीं निकला, परंतु भवानी से छल नहीं चल सकता था। देवी बोली – "उनका नाम ब्रजेश्वर राय है।"

"मैं उसे खूब जानता हूँ। उससे तुम्हें क्या काम था?"

"कुछ देना था। उसके बाप को जागीरदार कैद करने वाला है। उसे कुछ देकर ब्राह्मण की जान बचाई।"

"यह उचित नहीं किया। हरिवल्लभ राय बड़ा पापी और पाखंडी आदमी है। उसने अपनी निर्धन समधिन पर घोर अत्याचार किया था। ऐसे नीच व्यक्ति का जेल जाना ही उचित था।"

देवी सिहरकर बोली – "वह कैसे?"

"उसकी एक पुत्रवधु की केवल विधवा माँ थी। हरिवल्लभ ने उसे बाग्दी कहकर घर से निकाल दिया। इसी दुःख में बहू की माँ मर गई।"

"और बहू?"

"सुना है, वह बेचारी भी भूखों मर गई।"

"हमें इन बातों से क्या मतलब? हमने परोपकार का व्रत लिया है। जिसे दुःखी देखेंगे, उसी का दुख मिटाएंगे।"

"खैर, कोई हानि नहीं, परंतु इस समय बहुत से लोग दरिद्र हो गए हैं। जागीरदार ने उनका सर्वस्व ले लिया है। उन्हें कुछ खाने को मिले तो वे अपनी शक्ति बढाएं। शक्ति पाकर वे अपना अधिकार लाठी से प्राप्त कर लेंगे। तुम शीघ्र अपना दरबार लगाकर उनकी रक्षा करो।"

"सूचना भिजवा दीजिए आगामी सोमवार को दरबार लगेगा।"

"नहीं, तुम अब वहाँ न रह पाओगी। अंग्रेजों को पता चल गया है कि तुम यहाँ हो। वे पांच सौ सिपाहियों के साथ तुम्हें पकड़ने आ रहे हैं। यहाँ दरबार न होगा। दरबार बैकुंठपुर के जंगल में होगा। यही सूचना फैला दी गई है। सोमवार का दिन निश्चित किया गया है। वहाँ जाने का साहस सिपाही न करेंगे। करेंगे तो मारे जाएंगे। इच्छानुसार रुपया लेकर यहाँ से प्रस्थान करो।"

"इस बार जा रही हूँ, परंतु फिर मैं यह काम न कर सकूँगी। अब मेरा मन नहीं लग रहा है।"

देवी जंगल से निकलकर बजरे पर जा चढ़ी।

रंगराज को देवी ने आदेश दिया "सोमवार को बैकुंठपुर के जंगल में दरबार लगेगा। वहाँ के लिए प्रस्थान करो। बरकंदाजों को भी सूचना भेज दो। साथ में रुपया ले चलना है।"

बजरे के मस्तूल पर पालें हवा में फूल उठीं। नाव बजरे के सामने बांधी गई। साठ जवान 'रानीजी की जय' कहकर उसे खेने लगे। बजरा हवा की तरह उड़ चला। स्थल मार्ग से साधारण वेश में बहुत से लोग बजरे के साथ चल पड़े थे। उनके हाथों में एक – एक लाठी थी। बजरे के अंदर असंख्य ढाल, बर्छे और बंदूकें थीं।

12

सोमवार को जंगल में देवी का दरबार लगा। इस दरबार में मुकदमे मामले नहीं आते थे। राजकीय कामों में सिर्फ एक ही काम होता था – खुले हाथों से दान करना।

घना जंगल था वहाँ करीब तीन सौ बीघा जमीन पर सफाई कर दी गई थी, लेकिन बड़े-बड़े पेड़ नहीं काटे गए पेड़ों के नीचे खड़े होने की जगह थी। वहाँ लगभग दस हजार लोग एकत्र थे, उनके बीचोबीच देवी का आसन था। पेड़ों की डालों पर एक बड़ा शामियाना लगाया गया। उसके नीचे बड़े-बड़े चाँदी के खंभों पर किमखाब का एक चंदवा बंधा था, उस पर मोती की झालरें लगी थीं। उसके नीचे एक चंदन की चौकी थी, जिस पर बहुत मोटा गलीचा बिछा था। गलीचे पर एक चाँद का छोटा-सा सिंहासन रखा था, उसमें भी मोती जड़े झालर की मसनद लगी थी।

देवी का पहनावा भी आज चमकीला था। वह धोती बांधे हुए थी, उस पर बने फूलों में एक – एक हीरा लगा हुआ था। सारा बदन आभूषणों से ढका हुआ था। शरीर की त्वचा शायद ही कहीं दिखाई देती थी। गले में मोतियों के इतने हार थे कि शरीर का कपड़ा भी दिखाई नहीं दे रहा था। उसके सिर पर रत्न जड़ित मुकुट था।

देवी चौधरानी पूजा की प्रतिमा के समान सजी हुई थी। यह सब देवी का ठाठ था। दोनों ओर से चार युवा दासियां सोने के चंवर डुला रही थीं। उनके आगे – पीछे बहुत से चौबदार भड़कीली पोशाक पहने खड़े थे। बरकंदाजों की शोभा सबसे बढ़कर थी। पांच सौ बरकांदाज देवी के दोनों ओर खड़े थे। लाल पगड़ी, लाल अंगरखा, घुटने तक की लाल धोती पहने थे। उनके हाथों में ढाल और बर्छे थे। चारों ओर लाल झंडे लगे थे।

79

देवी चौधरानी सिंहासन पर बैठी थी। दस हजार व्यक्तियों ने 'देवी रानी की जय' की। दस युवकों ने आगे बढ़कर देवी की स्तुति गाई। रंगराज एक – एक दरिद्र को देवी के सिंहासन के पास लाने लगा। उन्होंने भक्ति भाव से साष्टांग प्रणाम किया।

देवी चौधरानी ने मीठे शब्दों से सबका परिचय जाना और दान दिया। प्रातः काल से दान करते-करते रात्रि का एक प्रहर बीत गया। यही देवी की डकैती थी।

गुडलैंड साहब को सूचना मिली कि बैकुंठपुर के जंगल में देवी का दल आया है। असंख्य डाकू हैं। डाकू बहुत-सा धन लेकर अपने घरों को लौटे हैं। इस बार उन्होंने बड़ी भारी डकैती की है।

उधर ब्रजेश्वर ठीक समय पर घर पहुँचे।

हरिवल्लभ ने पूछा – "रुपये का क्या हुआ?"

"ससुर ने रुपया नहीं दिया।"

वे घबराकर बोले – "तो क्या रुपया नहीं मिला?"

"ससुर ने नहीं दिया। मैं दूसरी जगह से लाया हूँ।"

"लाए हो? तो मुझसे कहा क्यों नहीं? दुर्गा! प्राण बचे।"

"जहाँ से रुपया पाया है, वह लेना चाहिए या नहीं, यह मैं नहीं समझ पाया।"

"किसने दिया है?"

"नाम याद नहीं आ रहा है, वह जो डाकू स्त्री है न!"

"देवी चौधरानी?"

"हाँ, वही।"

"उससे रुपया कैसे मिला?"

"संयोग से मिल गया।"

"डाकू का रुपया है। क्या लिख – पढ़ आए हो कुछ?"

"लिखना – पढ़ना कुछ नहीं पड़ा, फिर भी 'पाप का धन ग्रहण करने वाला भी पापी होता है, इसलिए मैं यह रुपया रखना नहीं चाहता।"

"रुपया न लूँ तो क्या जेल में जाऊँ? ऋण लेने में पाप-पुण्य क्या? यह सोचने की बात नहीं। सोचना यह है कि डाकू का रुपया लिखकर तो नहीं लिया। कहीं देरी होने पर वह घर-बार न लूट ले।"

ब्रजेश्वर कुछ न बोला।

हरिवल्लभ ने पूछा – "लौटाने की मियाद कितनी है?"

"बैशाख शुक्ल सप्तमी के चंद्रास्त तक।"

"रुपया भेजा कहाँ जाएगा?"

"उस दिन यह संधानपुर के घाट पर रहेंगी। वहीं रुपया पहुँचाना होगा।"

"ठीक है। रुपया भेज दिया जाएगा।"

ब्रजेश्वर चला गया। हरिवल्लभ ने मन में सोचा – 'हूँ! मैं उसका रुपया चुकाने जाऊँगा? सिपाही बुलाकर पकड़वा दूँगा। सब टंटा कट जाएगा। उस दिन यदि पलटन सहित कप्तान साहब उसके बजरे पर न पहुँचे तो मेरा नाम हरिवल्लभ नहीं।'

यह बात हरिवल्लभ ने ब्रजेश्वर से नहीं कही।

सागर ने ब्रह्म ठकुरानी से कहा कि ब्रजेश्वर एक राजरानी से विवाह कर आए हैं। उसने मना किया, पर माने नहीं वह शूद्र है। उसके दो विवाह और हैं, इसलिए ब्रजेश्वर की जात गई। अब सागर ब्रजेश्वर की जूठन न खाएगी।

ब्रह्म ठकुरानी ने ब्रजेश्वर से पूछा। ब्रजेश्वर स्वीकार करके बोला – "रानी की जाति उच्च है। वे सागर की बहन हैं। अब रही विवाह की बात तो तीन उनके हैं और तीन मेरे हैं।"

ब्रह्म ठकुरानी ने यह बात झूठी जानी सागर चाहती थी कि ठकुरानी यह बात नयनतारा से कहें। वह पति के नया विवाह करने की बात सुनकर चिढ़ गई, इसलिए कुछ दिन ब्रजेश्वर नयनतारा के पास न गया।

नयनतारा ने तूफान मचा दिया। उसने गृहिणी से कहा।

गृहिणी बोली – "तुम तो पागल हो गई हो। ब्राह्मण – पुत्र शूद्र से विवाह नहीं कर सकता। तुम चिढ़ती हो, इससे वे तुम्हें चिढ़ाते हैं।"

नयन बहू तब भी न समझी। वह बोली – "यदि किया हो!"

गृहिणी बोली – "यदि किया हो तो भी बहू को घर में रखूँगी। लड़के की बहू को छोड़ नहीं सकती।"

तभी ब्रजेश्वर आ गया तो नयन बहू उठकर भाग गई।

ब्रजेश्वर ने पूछा – "क्या कहती थी?"

"कहती थी कि तू नया विवाह करे, तो बहू को घर ले आऊँ।"

ब्रजेश्वर बिना कुछ कहे ही चला गया।

गृहिणी ने गृह – स्वामी से यह बात उठाई तो उन्होंने पूछा – "तुम्हारा क्या मन है?"

"सोचती हूँ, सागर बहू यहाँ रहती नहीं है, नयन बहू लड़के के योग्य नहीं है। यदि ब्रज एक ब्याह और करके घर बसाए तो सुख मिले।"

"लड़के का मन जान लो, वह चाहे तो कहना कि मैं अच्छा संबंध करा दूँगा।"

"मैं उसका मन टटोल लूँ।"

मन टटोलने का भार ब्रह्म ठकुरानी को सौंपा गया। उन्होंने ब्रजेश्वर को बहुत से बिरही राजकुमारों की कहानियां सुनाईं, परंतु फल न निकला, तब ब्रह्म ठकुरानी ने स्पष्ट पूछा, परंतु ब्रजेश्वर का मन न खुला।

ब्रजेश्वर बोले – "माँ – बाप की जो आज्ञा होगी, मैं वही करूँगा।"

बैशाख शुक्ल सप्तमी निकट थी और देवी का ऋण चुकाने का कोई उद्योग न था। हरिवल्लभ इस समय संपन्न थे, चाहते तो रुपये एकत्रित कर सकते थे, परंतु उन्होंने ध्यान ही न दिया। समय सिर पर आ गया। दो – चार दिन रह गए। अब ब्रजेश्वर ने तकाजा किया तो बोले – "घबराओ नहीं, मैं रुपयों का प्रबंध करने जा रहा हूँ। षष्ठी को लौटूंगा। वह पालकी पर चढ़कर घर से निकल पड़े।

हरिवल्लभ ने सीधे रंगपुर जाकर कलेक्टर साहब से भेंट की। वे बोले – "मेरे साथ सिपाही भेजिए। मैं देवी चौधरानी को पकड़वाता हूँ। पकड़वा देने पर मुझे क्या इनाम मिलेगा ?"

साहब बहुत प्रसन्न हुए। वे जानते थे कि देवी चौधरानी तो सब डाकुओं की सरदार है। उन्होंने देवी को पकड़ने का काफी प्रयत्न किया था, परंतु सफलता न मिली थी। साहब हरिवल्लभ को पुरस्कार देने को उद्यत हो गए।

हरिवल्लभ बोले – "मेरे साथ पाँच सौ सिपाही भेजिए।"

साहब ने हुक्म दिया और हरिवल्लभ के साथ लेफ्टिनेंट मैनन पाँच सौ सिपाही लेकर चल पड़े।

ब्रजेश्वर से हरिवल्लभ ने उस घाट का नाम सुन लिया था, जहाँ देवी आने वाली थी। शायद देवी बजरे पर रहे, इसलिए मैनन फौज लेकर नाव से चले पाँच नावें बजरा घेरने को चली साहब ने बहुत – सी सेना स्थल मार्ग से भी भेज दी।

जिस घाट पर ब्रजेश्वर को पकड़ा गया था, उसी पर देवी उपस्थित थीं। संध्या बीत चुकी थी। बजरा था, परंतु नाव और उसके पचास जवान नहीं थे। बजरे पर कोई पुरुष नहीं था देवी गाढ़े की धोती पहने साधारण वेश में थी।

देवी छत पर अकेली नहीं थी। उनके पास दो स्त्रियां बैठी थीं, एक निशा, दूसरी दिवा।

दिवा बोली – "क्या परमेश्वर भी कभी प्रत्यक्ष देखा जा सकता है?"

देवी चौधरानी बोली – "अप्रत्यक्ष नहीं देखा जा सकता। मैं प्रत्यक्ष देखने की बात नहीं कह रही थी, बल्कि प्रत्यक्ष करने की बात कह रही थी। प्रत्यक्ष छह प्रकार का होता है। तुम मेरी बात सुनती हो, यह तुम्हारा श्रवण प्रत्यक्ष है। तुम मेरे फूलों की गंध सूंघ रही हो ना!"

दिवा – सूंघ रही हूँ।

देवी चौधरानी – यह नासिका प्रत्यक्ष है। यदि मैं तुम्हें हाथ से छू दूँ तो वह त्वचा प्रत्यक्ष होगा। यदि निशि तेरा माथा खाए तो वह रसना प्रत्यक्ष होगा। यह ठीक है।

"परंतु प्रभु को न देखा, न सुना, न सूंघा, न छुआ और न खाया ही जा सकता है। उसे किस तरह प्रत्यक्ष किया जाएगा?"

देवी चौधरानी आँख, कान, नाक, रसना और त्वचा को छोड़कर एक जानेंद्रिय होती है, उसी से परमात्मा का प्रत्यक्ष साक्षात्कार होता है। तुम जानती हो न?

दिवा – दांत?

निशि – धत्, इच्छा होती है, एक घूंसा मारकर तेरी उस ज्ञानेंद्रिय की पंक्ति को तोड़ दूँ।

देवी हँसकर बोली – "आँख इत्यादि पांच ज्ञानेंद्रिया है, हाथ – पाँव इत्यादि पाँच कर्मेंद्रियां हैं और इंद्रियों का मालिक मन दोनों इंद्रियों में गिना जाता है। इस मन ज्ञानेंद्रिय से भी प्रत्यक्ष होता है, जिसे मानस प्रत्यक्ष कहते हैं। ईश्वर मानस प्रत्यक्ष का ही विषय है।"

निशि एक तरह से देवी की सहपाठिनी थी।

देवी – देखना सिर्फ चाक्षुष में होता है और किसी में नहीं मानस प्रत्यक्ष में नहीं। चाक्षुष प्रत्यक्ष का विषय रूप इत्यादि बाह्य विषय है, मानस प्रत्यक्ष का विषय अंतर्विषय मन के द्वारा ईश्वर को साक्षात् किया जा सकता है, ईश्वर को देखा नहीं जा सकता।

दिवा – लेकिन मैं तो ईश्वर को आज तक मन में किसी तरह साक्षात् नहीं कर पाई?

देवी – मनुष्य की स्वाभाविक प्रत्यक्ष शक्ति बहुत कम होती है, वह बिना किसी मदद या सहारे के सब कुछ साक्षात् नहीं कर सकता?

दिवा – मदद की जरूरत कहाँ होती है? देखो यह नदी पेड़ जल सभी बिना सहारे के दिखाई दे रहे हैं।

"सब कुछ नहीं देख पा रही हो, इसका उदाहरण दूँ?"

निशि ने पूछा – "क्या?"

देवी – "अंग्रेजों के सिपाही मुझे पकड़ने आ रहे हैं, जानती हो तुम?"

दिवा गहरी सांस लेकर बोली – "हाँ, यह तो जानती हूँ।"

देवी चौधरानी सिपाही को तुमने प्रत्यक्ष किया है?

दिवा नहीं, उनके आने पर प्रत्यक्ष करूँगी।

देवी चौधरानी – मैं कहती हूँ, वे आ गए हैं, पर बिना आँखों से देखें, तुम प्रत्यक्ष नहीं कर पा रही हो लो, इनकी सहायता लो।

देवी ने दिवा को दूरबीन दी। दिवा ने उससे देखा।

देवी बोली – "क्या देखा?"

दिवा – एक नाव है। उसमें बहुत से आदमी हैं।

देवी चौधरानी – वे सिपाही हैं। देवी ने दिवा को फिर पाँच नावे दिखाई।

निशि ने पूछा – "नावें किनारे पर दिखाई दे रही हैं। यहाँ न आकर वहाँ क्यों लगा ली हैं उन लोगों ने?"

देवी चौधरानी – शायद स्थल से आने वाले सिपाही अभी नहीं आए हैं। ये उनकी प्रतीक्षा में हैं।

दिवा – अब हम चाहें तो भाग सकते हैं।

देवी चौधरानी – उन्हें मालूम नहीं है कि हमारे पास दूरबीन है।

दिवा – बहन! प्राण रहेंगे तो कभी न कभी पति से भेंट अवश्य होगी। आज प्राण बचाओ।

देवी चौधरानी – प्राणों का भय होता तो मैं सब कुछ जानकर भी यहाँ क्यों आती और अन्य सब लोगों को विदा क्यों कर देती? अपने हजारों बरकंदाजो को क्यों भेज देती?

"हम पहले जानतीं तो तुम्हें यह कभी न करने देतीं।" दिवा बोली।

देवी चौधरानी – मैंने जो सोचा है, वह मैं अवश्य करूँगी। मैं आज पति के दर्शन करूँगी। उनकी आज्ञा प्राप्त कर दूसरे जन्म में उनसे मिलने के लिए प्राण-त्याग करूँगी। जब मेरे पति लौटने लगें तो तुम दोनों उनके साथ चली जाना। मैं अकेली गिरफ्तार होकर फांसी पर चढ़ूँगी, इसीलिए मैंने सबको हटा दिया है।

"इस बदन में प्राण रहते मैं तुम्हें न छोड़ूंगी। मरना ही होगा तो तुम्हारे साथ मरूंगी।" निशि बोली।

तभी देवी ने निशि के हाथ से दूरबीन लेकर एक डोंगी देखी। वह बोली – "वे आ रहे हैं। तुम लोग नीचे जाओ।"

दिवा और निशि कमरे में चली गईं। डोंगी बजरे से जा लगी। उसमें से ब्रजेश्वर कूदकर बजरे पर चढ़ आया और देवी की ओर बढ़ा। देवी ने उसके चरणों की धूलि मस्तक से लगाई।

ब्रजेश्वर बोला – "आज रुपया नहीं ला सका। शायद दो-चार दिन में दे सकूँ। तुमसे कहा था, भेंट होगी, इसीलिए इस समय आया हूँ। पिताजी रुपये का प्रबंध करने गए हैं। वे अभी लौटे नहीं हैं।"

देवी ब्रजेश्वर की भोली-भाली बात सुनकर थोड़ा मुस्कराते हुई बोली – "अब मुझसे भेंट नहीं होगी ।" कहते हुए देवी का गला भर आया । उन्होंने अपनी आँखें पोंछीं – "भेंट नहीं होगी, परंतु ऋण चुकाने का और उपाय है। जब सुविधा हो, तब वह रुपया गरीब – दुखियों को बाँट देना मुझे मिल जाएगा।"

देवी का हाथ पकड़कर ब्रजेश्वर बोले – "प्रफुल्ल! तुम्हारा रुपया... ।" जैसे ही ब्रजेश्वर ने 'प्रफुल्ल' का हाथ पकड़ा, प्रफुल्ल का बंधा बाँध टूट पड़ा। उसकी आँखों से आँसू की धारा बह चली। रुपये की बात उस धारा में बह गई। तेजस्विनी देवी बच्चों की तरह फूट – फूटकर रो पड़ी।

ब्रजेश्वर की विचित्र दशा हुई। उसने सोचा। वह डकैती डालती है, उसे आँसू बहाने की क्या आवश्यकता? ब्रजेश्वर की भी आँखें भर आईं। ब्रजेश्वर के आँसू गालों पर से बहते हुए प्रफुल्ल के हाथ पर गिरने लगे। बालू का बाँध टूट गया। ब्रजेश्वर ने सोचा था, डकैती डालने के लिए प्रफुल्ल का तिरस्कार करेगा। पापिन कहेगा और जन्म – भर के लिए त्यागकर चला आएगा, परंतु आँसुओं से हाथ भिगोकर वह कुछ भी न कह सका।

आँसू पोंछकर ब्रजेश्वर बोला – "प्रफुल्ल! तुम्हारा रुपया मेरा रुपया है। उसे चुकाने के लिए मैं कातर नहीं हूँ, परंतु आज मैं बहुत कातर हूँ। गत दस वर्षों में मैं तुम्हारे ध्यान में डूबा रहा। मेरी और दो स्त्रियाँ हैं, परंतु गत दस वर्षों में मैंने उन्हें स्त्री नहीं समझा। यह क्यों हुआ, यह मैं तुम्हें नहीं समझा सकता। मैंने सुना था कि तुम संसार में नहीं रहीं, परंतु मेरे लिए तुम थीं। मेरे मन में और किसी का ध्यान नहीं था। तुम्हारे मरने का समाचार पाकर मैं मरना चाहता था। आज सोचता हूँ, मर गया होता तो अच्छा होता, तुम मर गई होती तो भी अच्छा होता। अब जो सुन – समझ रहा हूँ, यह तो न सुनना-समझना पड़ता। आज दस

वर्ष की खोई संपत्ति प्राप्त कर मुझे स्वर्ग से भी अधिक सुख प्राप्त होता, परंतु तुम्हें इस रूप में पाकर वह हुआ नहीं। मुझे मर्मांतक पीड़ा हुई है"। उसके आँसू बह चले। वह दोनों हाथों से माथा पकड़कर बोला – "मैंने अपने मन के मंदिर में जो प्रतिमा बैठा रखी थी, प्रफुल्ल वह यह पेशा करती है?"

प्रफुल्ल बोली – "डकैती करती हूँ।"

"नहीं करती क्या?"

प्रफुल्ल कह सकती थी कि जब ब्रजेश्वर के पिता ने उसे घर से निकाला था तो प्रफुल्ल ने उनसे पुछवाया था, मैं कंगाल हूँ। तुम निकाल दोगे तो मैं खाऊँगी क्या? तब ससुर ने उत्तर दिया था, चोरी, डकैती या भीख माँगकर खाना।

ब्रजेश्वर प्रफुल्ल की भर्त्सना करने चला था। प्रफुल्ल कह सकती थी – "डाकू की भर्त्सना कर रहे हो? तुम्हीं लोगों ने तो चोरी, डकैती करके खाने की आज्ञा दी थी। मैं तुम्हारी आज्ञा का पालन कर रही हूँ।" परंतु यह उत्तर प्रफुल्ल ने नहीं तुम दिया। वह हाथ जोड़कर बोली – "मैं डाकू नहीं हूँ। मैं शपथ लेकर कहती हूँ कि मैंने कभी डकैती नहीं डाली और न कभी डाके की एक कौड़ी छूई है। तुम मेरे देवता हो। मैं अन्य देवता की अर्चना करना सीख रही थी, परंतु न सीख पाई। लोग मुझे डाकू कहते हैं। क्यों कहते हैं, वह तुम्हें सुनाती हूँ। वही सुनाने आज यहाँ आई हूँ, फिर कभी तुम सुन न सकोगे।"

प्रफुल्ल ने ससुराल से निकाले जाने के दिन से आज तक की सारी कहानी ब्रजेश्वर को सुनाई।

ब्रजेश्वर यह सुनकर विस्मित, लज्जित और आनंद विभोर हो उठे।

प्रफुल्ल ने पूछा – "मेरी इन बातों पर आपको विश्वास है?"

अविश्वास का कोई कारण नहीं था। ब्रजेश्वर उत्तर नहीं दे सका, परंतु उसके चेहरे की कांति देखकर वह समझ गई कि विश्वास हो गया।

प्रफुल्ल बोली – अब अपनी चरण धूलि देकर मुझे विदा दो। देर न करो। विपत्ति आने वाली है। तुम्हें पाकर जाने को कह रही हूँ, इसी से समझ लो कि विपत्ति असाधारण है। मेरी दो सखियाँ इस नाव पर हैं। उन्हें अपने साथ लेते जाओ। वे जहाँ जाना चाहें, पहुँचा देना। मुझे जैसा आज तक याद रखा है, वैसे ही भविष्य में याद रखना। सागर मुझे भूलने न पाएगी।"

ब्रजेश्वर कुछ चुपचाप सोचकर बोला – "मैं कुछ नहीं समझ पा रहा हूँ प्रफुल्ल! तुम्हारे इतने आदमी थे, वे सब कहाँ हैं? बजरे पर दो स्त्रियाँ हैं, उन्हें भी जाने को कहती

हो, फिर भेंट नहीं होगी, यह सब क्या है ? क्या आपति है, मुझे न बताओगी तो मैं नहीं जाऊँगा।"

"तुम्हारे सुनने की बात नहीं है।"

"मैं क्या तुम्हारा कुछ भी नहीं हूँ?"

उसी समय बंदूक से गोली चलने का शोर हुआ।

14

सामने से पाँच नाव आ रही थीं। डांडों की चोट से उछलता पानी चाँदनी रात में चमक रहा था। उनमें सिपाही भरे थे। बंदूक से गोली चलने का शोर सुनकर पाँचों नाव बढ़ने लगीं। यह देखकर प्रफुल्ल ब्रजेश्वर से बोली – "अब विलंब न करो। जल्दी से डोंगी पर चढ़कर चले जाओ।"

"क्यों ? ये नावें किसकी है ?"

"इनमें कंपनी के सिपाही हैं। ये गोलियां भी उन्हीं के सिपाहियों ने छोड़ी थीं।"

"वे इधर क्यों आ रहे हैं, तुम्हें पकड़ने के लिए ?"

प्रफुल्ल चुप रही।

ब्रजेश्वर गंभीरता से बोले – "ज्ञात होता है, तुम पहले से यह सब कुछ जानती थी।"

"हाँ! मेरे गुप्तचर सब स्थानों पर हैं।"

"तुमने यह यहाँ आकर जाना या पहले से ही जानती थी ?"

"पहले से ही जानती थी।"

"तब जान – बूझकर यहाँ क्यों आई ?"

"एक बार तुम्हारे दर्शन करने के लिए।"

"तुम्हारे आदमी कहाँ हैं ?"

"उन सबको मैंने विदा कर दिया है। मेरे लिए वे क्यों मरें ?" "क्या तुमने आत्मसमर्पण करने का निश्चय किया है ?"

"जीकर भी क्या होगा ? तुम्हें देख लिया, मन की बात तुमसे कह दी। तुम मुझे प्यार करते हो, यह जान लिया। मेरे पास जो कुछ था, वह गरीबों को बाँट चुकी। अब क्या शेष है?"

"मेरे साथ घर नहीं चलोगी ?"

"अब कहते हो ?"

"तुमने मुझसे शपथ खाई है, मैं भी शपथ खाता हूँ। आज तुम किसी तरह अपने प्राण बचा लो, मैं तुम्हे अपनी गृहिणी बनाऊँगा। अब मैं किसी की बात न सुनूंगा।"

"ससुरजी क्या कहेंगे ?"

"उन्हें मैं समझ लूँगा।"

"अब कोई उपाय नहीं है। तुम अपनी डोंगी बुलाओ। निशि और दिवा को लेकर यहाँ से शीघ्र चले जाओ।"

ब्रजेश्वर ने डोंगी बुलाई। डोंगी वाले से कहा – "तुम लोग भाग जाओ। मैं नहीं जाऊँगा।"

डोंगी वाले जल्दी से डोंगी खोलकर चलते बने।

प्रफुल्ल बोली – "तुम नहीं गए ?"

"तुम मरना जानती हो तो क्या मैं नहीं जानता। तुम मेरी स्त्री हो। मैं सौ बार तुम्हारा त्याग कर सकता हूँ, परंतु में तुम्हारा पति हूँ, विपत्ति में तुम्हारी रक्षा का भार मुझ पर है। इस समय मैं तुम्हारी रक्षा नहीं कर सकता तो क्या तुम्हें छोड़कर भाग जाऊँ ?"

देवी गंभीर वाणी में बोली – "अच्छा, यदि जान बचने का कोई उपाय होगा तो मैं करूँगी।" कहकर प्रफुल्ल ने आकाश की ओर देखा, परंतु तुरंत ही निराश होकर बोली – "परंतु मेरे बचने से एक दूसरा अमंगल होगा।"

"वह क्या ?"

"मैंने सोचा था, वह बात तुम्हें न बताऊँ, परंतु अब बिना बताए चारा नहीं है। इन सिपाहियों के साथ मेरे ससुर हैं। मैं न पकड़ी गई तो उन पर विपत्ति आ सकती है।"

ब्रजेश्वर यह सुनकर सिहर उठा। वह माथा ठोककर बोला – "क्या वहीं मुखबिर हैं?"

प्रफुल्ल चुप रही।

ब्रजेश्वर सब कुछ समझ गया। इस स्थान पर देवी चौधरानी के मिलने की बात हरिवल्लभ ने ब्रजेश्वर से सुनी थी।

देवी की गूढ़ मंत्रणा और कोई नहीं जान सकता था।

हरिवल्लभ ने इसीलिए रुपया चुकाने का कोई यत्न नहीं किया था, यह समझने में ब्रजेश्वर को अधिक समय नहीं लगा। उनका हृदय अपने पिता के प्रति घृणा से भर गया।

फिर भी ब्रजेश्वर बोले – “मैं मरूँ तो कोई हानि नहीं। तुम्हारा मरना उससे अधिक दुःखकर होगा, परंतु मैं उसे देखने नहीं आऊँगा, फिर भी पिताजी की रक्षा अवश्य करनी है।”

“उसकी चिंता न करो। मेरी रक्षा नहीं होगी, अतः उन्हें कोई भय नहीं है। उनकी रक्षा से तुम्हारी रक्षा हो जाएगी। मैं प्रतिज्ञा करती हूँ कि उनके अमंगल की शंका रहते अपनी रक्षा के लिए प्रयत्न न करूँगी। तुमने कहा, तब भी वही बात है, न कहते तब भी वही होता।”

उसी समय जंगल से शंखनाद हुआ।

शंखनाद सुनकर प्रफुल्ल चौंक पड़ी।

देवी ने पुकारा – “निशि!”

निशि दौड़कर छत पर आई।

“यह शंखनाद किसने किया?”

“दाढ़ी वाले बाबा का लगता है।”

“रंगराज का?”

“हाँ, ऐसा ही प्रतीत हो रहा है।”

“परंतु मैंने तो उन्हें सवेरे देवीगढ़ भेजा था।”

“शायद मार्ग से लौट आए हैं?”

“उन्हें बुलाओ।”

ब्रजेश्वर बोला – “नाद दूर से आया था। यहाँ से आवाज वहाँ तक नहीं पहुँचेगी। मैं उतरकर खोज लाता हूँ।”

देवी बोली – “आपको कुछ नहीं करना है। आप नीचे जाकर निशि के पास बैठें।”

निशि और ब्रजेश्वर नीचे गए। निशि ने अपनी वंशी निकाली। उसने वंशी पर मल्हार छेड़ा। रंगराज बजरे पर आ गए।

ब्रजेश्वर निशि से बोले – “तुम छत पर जाओ। क्या बातें होती हैं, आकर मुझे बताना।”

निशि स्वीकार कर कमरे से बाहर निकली और फिर लौटकर ब्रजेश्वर से बोली – "जरा बाहर आकर देखिए।"

ब्रजेश्वर ने देखा तो जंगल में से असंख्य लोग निकल रहे थे। उसने पूछा – "ये कौन है? सिपाही हैं क्या?"

निशि – ये बरकंदाज हैं। रंगराज के सैनिक।

देवी भी उन्हीं को देख रही थीं, तभी रंगराज ने आकर उन्हें आशीर्वाद दिया।

देवी ने पूछा – "तुम यहाँ कैसे रंगराज?"

रंगराज – मैं देवीगढ़ जा रहा था। रास्ते में ठाकुरजी से भेंट हो गई।

देवी चौधरानी – भवानी ठाकुर से?

"हाँ, उनसे सुना कि कंपनी के सिपाही आपको पकड़ने आ रहे हैं। हम दोनों बरकंदाज इकट्ठे करके इधर आए हैं। अब उनकी नाव को इधर आते देखकर मैंने शंख बजाकर संकेत दिया था।"

"उस जंगल में भी सिपाही हैं?"

"हम लोगों ने उन्हें घेर लिया है।"

"ठाकुर जी कहाँ हैं?"

"वह बरकंदाजों को लेकर बाहर निकल रहे हैं।"

"तुम कितने बरकंदाज लाए हो?"

"एक हजार के लगभग होंगे।"

"सिपाही कितने होंगे?"

"पांच सौ?"

"पंद्रह सौ की लड़ाई में कितने मरेंगे?"

"दो चार सौ मर सकते हैं।"

"ठाकुरजी से कहो, इस काम से मुझे मर्मांतक पीड़ा पहुँची है।"

"क्यों माँ?"

"मेरे प्राण बचाने के लिए तुम लोग इतने लोगों के संहार को उद्यत हुए हो। तुम्हें बिलकुल भी धर्म – ज्ञान नहीं है मेरी आयु समाप्त हो चुकी है। मैं अकेली ही मरूँगी। मेरे लिए चार सौ आदमी क्यों मरें? मुझे क्या तुम लोगों ने इतना नीच समझ लिया है कि मैं इतने लोगों के प्राण लेकर अपने प्राण बचाने का जतन करूँगी?"

“आपके रहने से अनेक प्राणों की रक्षा होगी।”

देवी ने क्रोधपूर्ण स्वर में कहा – “रंगराज! ठाकुरजी से कहो कि इसी क्षण बरकंदाजों के साथ लौट जाएं। विलंब होगा तो मैं पानी में कूदकर प्राण दे दूँगी।”

रंगराज का चेहरा फीका पड़ गया। वह निराश स्वर में बोला – “मैं जा रहा हूँ माँ! ठाकुरजी से कह दूँगा। वे जो उचित समझेंगे करेंगे। मैं तो दोनों का आज्ञाकारी हूँ।”

रंगराज चला गया।

निशि रंगराज के जाने के बाद देवी से बोली – “अपने प्राणों का तुम जो जी चाहे करो, परंतु आज तुम्हारे पति तुम्हारे पास हैं। उनका भी ख्याल नहीं किया तुमने?”

“किया है बहन! बिलकुल किया है। ख्याल करके भी मैं कुछ न कर पाई। अब जगदीश्वर का भरोसा है। अपने पति के प्राण बचाने के लिए भी मैं इतने व्यक्तियों के प्राण नहीं ले सकती। मेरे पति मेरे लिए सब कुछ हैं, परंतु उनके ये कौन है?”

निशि चकित रह गई। वह बोली – “देवी ने सच्चा निष्काम धर्म सीखा है। आपके साथ मरना भी सुखकर होगा।”

निशि ने यह सब ब्रजेश्वर से कहा।

ब्रजेश्वर प्रफुल्ल को अपनी स्त्री न समझ सका। उसने कहा – “वे सचमुच देवी हैं। मैं महापापी उसे डाकू कहकर उसकी भर्त्सना करने चला था।”

ना व बजरे के निकट आ गई।

प्रफुल्ल निश्चल बैठी रही।

प्रफुल्ल की दृष्टि दूर आकाश पर लगी थी। वह 'जय जगदीश्वर' कहकर छत से नीचे उतर आई।

निशि ने पूछा – "अब क्या करोगी देवी?"

"अपने पति की रक्षा।"

"और अपनी?"

"मेरी बात न पूछो। मैं जो कहती या करती हूँ, उसे सावधानी से देखो। मेरा तुम्हारा चाहे जो हो, मुझे अपने पति दिवा और ससुर को बचाना है।"

यह कहकर देवी ने शंख में फूक मारी।

निशि बोली – "यह अच्छा किया आपने।"

जंगल से बरकंदाजों का दल बाहर निकलने लगा। उन्होंने देखा नाव काफी निकट आ चुकी थीं और वे बजरा घेरने के लिए दौड़ पड़े।

रानीजी की जय कहकर वे बजरा घेरने चले। उन्होंने बजरा घेर लिया और नावों ने उन्हें घेर लिया।

शंख बजाते ही बरकंदाज़ बजरे पर आ चढ़े। वे बजरे के माँझी थे। वे अपने – अपने स्थान पर डांड – पतवार पकड़कर बैठ गए।

सिपाहियों ने बंदूकों पर संगीने चढ़ाकर उन पर आक्रमण किया। चारों और लड़ाई होने लगी।

प्रफुल्ल ने सोचा, "भवानी ठाकुर तक उनकी बात पहुँच नहीं पाई या उन्होंने सुनी नहीं। अच्छा आज वे भी मेरा काम देखें।"

देवी के पास एक सफेद झंडा था। उन्होंने बाहर आकर उसे ऊँचा करते हुए फहरा दिया।

उस झंडे को देखते ही लड़ाई बंद हो गई। जो जहाँ था, हथियार रोककर खड़ा हो गया।

देवी ने ब्रजेश्वर से कहा – "आप यह झंडा पकड़े रहो। रंगराज यहाँ आए तो उनसे कहना कि अंदर आए।"

यह कहकर देवी ब्रजेश्वर को झंडा पकड़ाकर अंदर चली गई, तभी रंगराज वहाँ आया। उसने ब्रजेश्वर के हाथ में सफेद झंडा देखकर पूछा – "तुमने किसकी आज्ञा से यह झंडा फहराया?"

"रानीजी की आज्ञा से।"

"तुम कौन हो?"

"पहचान नहीं रहे हो?"

रंगराज बोले – "पहचान गया। तुम ब्रजेश्वर बाबू हो? यहाँ क्यों आए हो? बाप – बेटे एक ही काम से आए हो क्या? कोई इसे बांधो।"

आज्ञा पाकर दो व्यक्ति ब्रजेश्वर को बांधने के लिए आए।

ब्रजेश्वर ने किसी भी प्रकार की आपत्ति न की और गंभीर स्वर में कहा – "मुझे बांध लो कोई हानि नहीं, परंतु यह बताओ कि सफेद झंडा देखकर युद्ध रुक क्यों गया?"

रंगराज बोले – "जानते नहीं, सफेद झंडा देखकर अंग्रेज लड़ाई बंद कर देते हैं।"

"यह सब मैं नहीं जानता था। खैर, तुम पूछ आओ कि मैंने रानीजी की आज्ञा से सफेद झंडा फहराया है। तुम्हारे लिए आदेश है कि उनसे आज्ञा प्राप्त करो।"

रंगराज सीधा अंदर पहुँचा। वह बोला – "रानी माँ!"

"कौन, रंगराज?"

"जी हाँ। हमारे बजरे से सफेद झंडा क्यों दिखाया गया?"

मैंने आज्ञा दी है। देवी चौधरानी ने आज्ञा देते हुए कहा – "तुम सफेद झंडा लेकर लेफ्टिनेंट के पास जाओ और कहो कि लड़ने की आवश्यकता नहीं है। मैं आत्म समर्पण कर रही हूँ।"

"मेरा शरीर रहते यह न होगा।" रंगराज बोला।

"प्राण देकर भी मेरी रक्षा न कर सकोगे।"

"तब भी प्राण दूँगा।"

"मूर्खों जैसी बातें न करो। सिपाहियों की बंदूकों के सामने लाठी-सोटा नहीं चलेगा।"

"जरूर चलेगा।"

"अब रक्त की एक बूंद नहीं बहेगी। मैं गोली के सामने खड़ी हो जाऊँगी। तुम मुझे न बचा पाओगे। इस समय पकड़े जाने से भागने का अवसर रहेगा। मुझे छुड़ाने में अपने प्राण न दो। मेरे पास बहुत रुपया है। कंपनी के आदमी रुपये के दास हैं। मैं भाग निकलूँगी।"

देवी ने घूस देकर भागने की बात रंगराज को केवल फुसलाने के लिए कही थी। वैसे उन्होंने सरल भाव से आत्म-समर्पण करने का निश्चय किया हुआ था।

रंगराज बोले – "जो देकर आप उन्हें अपने वश में करेंगी, वह तो बजरे में है। पकड़े जाने पर अंग्रेज स्वतः ही बजरा भी ले लेंगे।"

"तुम उनसे कह देना कि केवल मुझे ही पकड़ सकेंगे, बजरे को नहीं। मैं इसी शर्त पर आत्म – समर्पण करने को उद्यत हूँ।"

"यदि वे न मानें और बजरा लूटने आएं, तब ?"

"कह देना बजरे पर आएंगे तो मैं नहीं पकड़ी जाऊँगी। उनके बजरे पर चढ़ते ही लड़ाई शुरू हो जाएगी। हमारी बात स्वीकार करें तो मैं स्वयं उनकी नाव पर चली जाऊँगी।"

रंगराज ने सोचा, इस सब में अवश्य कोई कौशल है।

देवी ने पूछा – "भवानी ठाकुर कहाँ हैं?"

"वे बरकंदाजों को लेकर युद्ध कर रहे हैं। उन्होंने मेरी बात नहीं सुनी। शायद वे वहीं होंगे।"

"पहले उनके पास जाओ। उनसे कहो कि तुरंत लौट जाएं। मेरे लिए बजरे के लोगों को छोड़ जाएं। मेरी रक्षा के लिए युद्ध की आवश्यकता नहीं है। मेरी रक्षा का भगवान उपाय कर रहे हैं।"

रंगराज बोले – "माँ! एक आज्ञा चाहता हूँ। हरिवल्लभ राय आज का मुखबिर है। उसके लड़के ब्रजेश्वर को मैंने नाव पर देखा है। उसका उद्देश्य अच्छा नहीं है। उसे बांधकर रखना चाहता हूँ।"

यह सुनकर निशि और दिवा हंस पड़ी।

देवी बोली – "नहीं, बांधना नहीं। उन्हें अभी चुपचाप छत पर बैठा रहने को कहो।"

रंगराज ने ब्रजेश्वर को छत पर बिठा दिया और भवानी ठाकुर को जाकर देवी का संदेश दिया।

आकाश में मेघ देखकर भवानी ने आपत्ति नहीं की। वे बरकंदाजों के साथ लौटने लगे।

तभी निशि मल्लाहों के कान में कुछ कह गई।

भवानी ठाकुर को विदा कर रंगराज सफेद झंडा लेकर लेफ्टिनेंट के पास गया। कोई उससे कुछ नहीं बोला।

साहब ने पूछा – "तुम लोग आत्म-समर्पण करोगे?"

"हम लोग नहीं, आप जिसे पकड़ने आए हैं, वे आत्म-समर्पण कर रही हैं।"

"देवी चौधरानी आत्म-समर्पण करेंगी?"

"जी हाँ।"

"और तुम लोग?"

"हम लोग कौन?"

"देवी चौधरानी के दल के लोग?"

"वे नहीं करेंगे।"

"मैं उन्हें उनके दल के साथ पकड़ने आया हूँ।"

"दल में कौन – कौन हैं? इन हजारों बरकंदाजों में से कितनों को पकड़ेंगे आप?"

भवानी ठाकुर अभी गए नहीं थे, जाने का प्रयत्न कर रहे थे।

साहब बोले – "ये सब डाकू हैं। हम इन सबको पकड़ेंगे।"

तभी साहब ने देखा बरकंदाज सेना जा रही थी। वे गरजकर बोले – "तुम लोग सफेद झंडा दिखाकर भाग रहे हो?"

"तुमने पकड़ा किसे है, जो भाग रहे हैं? अभी कोई नहीं भागा है। पकड़ सको तो पकड़ो।" यह कहकर रंगराज ने सफेद झंडा फेंक दिया। सिपाही साहब की आज्ञा न पाकर चुपचाप खड़े रहे।

साहब ने उनका पीछा करना व्यर्थ समझा। वे बोले – "उन्हें जाने दो। तो तुम सब आत्मसमर्पण करोगे?"

"केवल देवी रानी।"

"अब लड़ेगा कौन? ये थोड़े से लोग? तुम्हारी सेना तो जंगल में घुस गई।"

रंगराज ने देखा, भवानी ठाकुर जंगल में जा चुके थे। वह बोले – "मैं यह नहीं जानता। मुझे जो आज्ञा मिली है, वह कहता हूँ। बजरा नहीं मिलेगा, बजरे का धन नहीं मिलेगा, हममें से कोई नहीं मिलेगा, केवल देवी रानी मिलेंगी।"

"क्यों?"

"मैं नहीं जानता।"

"मैं सबको कब्जे में करूँगा।"

"साहब बजरे पर मत चढ़ना, उसे छूना भी नहीं वरना आफत आ जाएगी।"

"हमारा पाँच सौ सिपाहियों का तुम्हारा दो – चार आदमी आफत करेगा?"

यह कहकर साहब ने भी सफेद झंडा फेंक दिया और सिपाहियों से कहा – "बजरा घेरो।"

साहब ने आदेश दिया – "बजरे पर चढ़कर बरकंदाजों के हथियार छीन लो।"

देवी ने आदेश दिया – "बजरे पर जिसके पास हथियार हो, पानी में फेंक दो।" सुनते ही बजरे के हथियार पानी में गिरा दिए गए।

यह देखकर साहब बोले – "अब बजरे पर देखता हूँ, क्या है?"

"आप बल प्रयोग कर ऊपर न चढ़ें। आपको कुछ हो जाए तो मुझे दोष न देना।"

"तुम्हारा क्या दोष?" यह कहकर साहब एक सशस्त्र सिपाही के साथ बजरे पर चढ़ गए।

साहब रंगराज के साथ अंदर पहुँचे तो द्वार खुल गया। कमरे का ठाठ देखकर साहब आश्चर्यचकित रह गए।

दो मसनदों पर स्वर्ण – रत्न आदि से आभूषित दो सुंदरियां बैठी थीं।

उनके बदन पर बहुमूल्य वस्त्र और अलंकार थे।

रंगराज ने देखा उनमें एक निशि थी, एक दिवा। साहब के लिए एक चाँदी की चौकी रखी गई। वे उस पर बैठ गए। रंगराज देवी को खोज रहे थे। एक कोने में साधारण वेश में देवी खड़ी थी।

साहब ने पूछा – "देवी चौधरानी कौन है? किससे बातें करूँ?"

निशि बोली – "मुझसे बात कीजिए। मैं देवी हूँ।"

दिवा हंसकर बोली – "दिल्लगी न करो? यह दिल्लगी का समय नहीं है। लेफ्टिनेंट! यह मेरी बहन दिल्लगी बहुत करती है, परंतु यह दिल्लगी का अवसर नहीं है। आप मुझसे बातें कीजिए, मैं देवी चौधरानी हूँ।"

निशि बोली – "तू क्यों मेरे लिए फाँसी चढ़ना चाहती है?" फिर साहब से बोली – "यह मेरी बहन है। स्नेहवश मुझे बचाने के लिए आपको धोखा दे रही है। मैं इसके प्राण लेकर अपने प्राण नहीं बचा सकती? चलिए कहाँ चलन होगा, मैं देवी चौधरानी हूँ।"

दिवा बोली – "साहब! आपको ईसा की कसम, जो आप निरपराध को पकड़े देवी मैं हूँ।"

साहब परेशान होकर रंगराज से बोले "यह क्या गोलमाल है? तुम बताओ, इनमें देवी चौधरानी कौन हैं?"

रंगराज केवल यही समझ रहा था कि उसमें कोई भेद था। वह निशि की ओर संकेत करके बोला – "हुजूर, ये देवी रानी हैं।"

तब देवी आगे बढ़कर बोली "मुझे इस बीच में नहीं आना चाहिए, परंतु झूठी बात पकड़ी जाने पर सब मारे जाएंगे, इसलिए कहती हूँ यह झूठ है।"

साहब ने देवी से पूछा – "तब देवी कौन हैं?"

"मैं देवी हूँ।" वह बोली।

अब देवी, निशि, दिवा और रंगराज में झगड़ा होने लगा।

लेफ्टिनेंट साहब बोले – "तुम दोनों में से कौन देवी रानी हैं। वह दासी है। वह देवी नहीं हो सकती। मैं दोनों को पकड़कर ले जाऊँगा। बाद में जो देवी चौधरानी सिद्ध होगी; उसे फांसी दी जाएगी।"

तब निशि और दिवा बोलीं – "आप मुखबिर को बुला लें। वह बता देगा कि कौन देवी चौधरानी हैं।"

देवी का अभिप्राय हरिवल्लभ को बजरे पर बुलाना था। उनकी रक्षा का उपाय किए बिना देवी अपनी रक्षा का उपाय न करतीं।

साहब ने मुखबिर को बुलाने की आज्ञा दी।

हरिवल्लभ कमरे की ओर बढ़े। वे कमरे की सजावट देखकर चकित रह गए और साहब को सलाम करना भूलकर निशि को सलाम कर बैठे।

निशि हंसकर बोली – "बंदगी खां साहब! मिजाज तो खुश हैं आपके?"

दिवा हंसकर बोली – "खां साहब, बंदगी। मुझे सलाम नहीं की। रानी को भूल गए आप?"

साहब हरिवल्लभ से बोले – "ये दोनों अपने को देवी चौधरानी कहती हैं। इनमें कौन देवी चौधरानी हैं?"

हरिवल्लभ बड़ी कठिनाई में पड़े। उन्होंने देवी को कभी नहीं देखा था। कुछ सोचकर उन्होंने निशि की ओर संकेत किया। निशि खिलखिलाकर हंस पड़ी। वे घबराकर बोले – "भूल हुई। "इतना कहकर उन्होंने दिवा की ओर उंगली उठा दी। दिवा भी खिलखिलाकर हंस पड़ी।

हरिवल्लभ ने घबराकर फिर निशि को दिखलाया।

साहब गरम होकर बोले – "बदजात! सूअर! पाजी कहीं का। पहचानते नहीं। बदमाशी करता है हमारे साथ।"

दिवा बोली – "साहब! शायद हमें ये नहीं पहचानते। इनके लड़के पहचानते हैं। वे बजरे की छत पर हैं, वे पहचान लेंगे।"

हरिवल्लभ घबराकर बोले – "मेरा लड़का ब्रजेश्वर!"

"जी हाँ, वही।"

"वह कहाँ है?"

"बजरे की छत पर है।"

"वह यहाँ कैसे आया?"

"यह सब तो वही बताएंगे।"

साहब ने उन्हें बुलाने की आज्ञा दी – "उनसे कहो कि आपको देवी ठकुरानी बुला रही हैं।"

ब्रजेश्वर उतरकर कमरे में आए।

साहब ने ब्रजेश्वर से पूछा – "तुम देवी चौधरानी को पहचानते हो?"

"जी पहचानता हूँ।"

"देवी चौधरानी इनमें कौन – सी हैं?"

"वे इनमें नहीं हैं।"

साहब क्रोध में पागल होकर बोले – "क्या इन दोनों में से कोई भी देवी चौधरानी नहीं हैं?"

"ये दोनों उनकी दासी हैं। वे इनमें नहीं हैं।"

"तुम देवी को पहचानते हो?"

"अच्छी तरह पहचानता हूँ।"

"यदि ये देवी नहीं हैं तो वे बजरे पर कहीं छिपी होंगी। शायद वह दासी ही देवी हो। मैं बजरे की तलाशी लूँगा। तुम मेरे साथ चलकर मुझे बताओ।"

"आप तलाशी लो, मैं क्यों बताऊँ?"

साहब गरजकर बोले – "बदजात! तुम मुखबिर नहीं हो?"

"नहीं, मैं आपका मुखबिर नहीं हूँ।"

"सर्वनाश!" हरिवल्लभ के मुख से निकला।

बाहर से जमादार चिल्लाया – "हुजूर तूफान!"

आसमान से भयंकर वेग से आती हुई हवा सांय – सांय करने लगी। कंपनी की नावें आपस में टकराने लगीं।

साहब गरजकर बोला – "तुम मुखबिर का लड़का नहीं है – हरामखोर बदमाश ?"

ब्रजेश्वर साहब की गाली सहन न कर सके। उन्होंने साहब के गाल पर इतनी जोर का घूंसा लगाया कि वे लड़खड़ाकर नीचे गिर पड़े।

तभी कमरे में शंखनाद हुआ।

शंख बजते ही मल्लाह रस्से खोलकर बजरे पर चढ़ गए किनारे के सिपाहियों ने संगीनें उठाई, परंतु वे उठी ही रह गई। पलक झपकते ही देवी के कौशल से एक क्षण में कंपनी के पाँच सौ सिपाही खड़े – के – खड़े रह गए।

प्रचंड वेग से आंधी का झोंका आया और बजरा घूम गया। साहब ब्रजेश्वर पर घूंसा उठा ही रहे थे, तभी उन्हें रंगराज ने पीछे से आकर पकड़ लिया।

रंगराज द्वारा साहब को पकड़ने पर एक सशस्त्र सैनिक उन पर झपटा। ब्रजेश्वर ने उसकी बंदूक छीनकर नदी में फेंक दी।

रंगराज ने साहब की तलाशी लेकर उनका रिवॉल्वर छीन लिया और उसे भी नदी के हवाले कर दिया। अब साहब चुपचाप चाँदी की चौकी पर बैठ गए।

साहब की फौज, जो बजरे को घेरे खड़ी थी, बजरा उस पर से होकर निकल गया। कुछ ने डुबकी लगाकर प्राण बचाए। पानी अधिक न था, इसलिए कोई मरा नहीं। बजरा टूटे तारे के समान उड़ता हुआ आँधी के साथ उड़ चला। सिपाहियों की सेना छिन्न – भिन्न हो गई।

लेफ्टिनेंट और हरिवल्लभ अब उनके बंदी थे।

ब जरा पानी को चीरता हुआ तीर की तरह उड़ा जा रहा था। उसकी तेज गति से भयंकर शब्द हो रहा था।

रंगराज बाहर द्वार से पीठ लगाकर बैठ गए। उस समय बाहर से सतर्क रहने की आवश्यकता थी, क्योंकि बजरा बहुत ही तीव्र गति से भागा जा रहा था।

दिवा देवी के पास चली गई। निशि वहीं बैठी रही।

साहब सोच रहे थे कि अब डाकुओं से छुटकारा कैसे मिले। वे उन्हें पकड़ने आए थे, उन्हीं के हाथों पकड़े गए। अब कलेक्टर को क्या मुँह दिखाएंगे ?

हरिवल्लभ निशि के पास बैठे थे।

निशि बोली – "आप थोड़ा लेट लीजिए, थक गए होंगे।"

"आज नींद नहीं आएगी।"

"आज न आएगी तो कब आएगी ?"

"क्यों फिर क्या होगा ?"

"आप देवी चौधरानी को पकड़वाने आए थे न ? देवी पकड़ी जाती तो क्या होता ? जानते हो, उन्हें फाँसी दी जाती। वही आपके साथ किया जाएगा ?"

"ऐं! फांसी...।"

"देवी ने तुम्हारा क्या अनिष्ट किया था, जो तुम इस नीच कर्म पर उद्यत हुए ? तुम जेल जा रहे थे। देवी ने तुम्हें पचास हजार रुपया देकर तुम्हारी रक्षा की। तुमने भलाई का यह बदला दिया ? तुमने उन्हें फाँसी दिलवानी चाही। बोलो,तुम जैसे नीच को क्या दंड मिलना चाहिए ?"

हरिवल्लभ चुप रहे। उनके मुख से एक शब्द भी न निकला।

निशि बोली – "इसीलिए कहती हूँ सो लो फिर सोना न मिलेगा। नौका कहाँ जा रही है, जानते हो?"

हरिवल्लभ में बोलने की शक्ति नहीं थी। उन्होंने निराश दृष्टि से निशि की ओर देखा।

निशि बोली – "हम लोग अब श्मशान में जा रहे हैं। वहाँ जाकर साहब को फाँसी दी जाएगी और जानते हो, तुम्हारे लिए क्या आज्ञा हुई है देवी की?"

हरिवल्लभ हाथ जोड़कर बोला – "मुझे बचाओ। मुझे फाँसी न देना। मेरी ब्राह्मणी रोएगी।"

"कौन तुम पापी को बचाएगा? तुम्हें सूली पर चढ़ाया जाएगा।"

हरिवल्लभ फफक – फफककर रोने लगे। आँधी के भीषण नाद में उनके रोने की आवाज किसी ने न सुनी।

साहब उनका रोना सुनकर बोले – "रो मत उल्लू! मरना तो एक ही बार है। क्या रोज-रोज मरेगा?"

हरिवल्लभ रोते हुए निशि से बोले – "क्या तुम मेरी रक्षा नहीं कर सकती?"

"तुम्हारे जैसे पापी को बचाकर कौन पाप का भागीदार बने? जो अपराध तुमने किया है, उसके लिए उनसे कौन दया की भीख माँगे, परंतु हमारी रानी बड़ी दयालु हैं।"

"मैं एक लाख रुपया दूँगा। तुम मुझे तो...?"

"कहते हुए लज्जा नहीं आती। पचास हजार रुपये के लिए तो तुमने यह कृतघ्नता बरती। अब लाख रुपये की बात हांकते हो।"

"मुझसे जो कहोगी, वहीं करूँगा, परंतु मेरी जान बचाओ।"

निशि सोचकर बोली – "एक काम निकल सकता है, परंतु नहीं। मैं तुमसे कोई काम नहीं कराऊँगी।"

"तुम्हारे पैर पकड़ता हूँ।" यह कहकर हरिवल्लभ ने निशि के पैर पकड़ लिए।

"तुम कृतघ्न, पापी और मुखबिर हो। तुम्हारी बात का विश्वास कैसे किया जाए?"

"तुम जो कसम कहो, खाने को तैयार हूँ।"

"ब्रजेश्वर के सिर की कसम खा सकते हो?"

हरिवल्लभ को उस समय अपने प्राणों की पड़ी थी। वे हाथ जोड़कर बोले – "ब्रजेश्वर की कसम, तुम जो कहोगी, मैं वही करूँगा।"

"तुम तो हमारी मुट्ठी में हो। सुनो, मैं कुलीन परिवार की लड़की हूँ। मेरी छोटी बहन के लिए अभी तक वर नहीं मिला है। मैं उसके विवाह की चिंता में हूँ।"

"आयु कितनी है उसकी?"

"यही तीस वर्ष होगी।"

"कुलीनों में यही सब कुछ होता है।"

उसका विवाह न होने से मेरे पिता की जान चली जाएगी। तुम मेरे पिता का उद्धार करो। तुम मेरी बहन से विवाह कर लो। मैं यही कहकर रानीजी से तुम्हारे प्राणों की भिक्षा माँग सकती हूँ।"

हरिवल्लभ को अब कुछ सांस आई, परंतु साथ ही गृहिणी का ध्यान आया तो वे काँप उठे। उन्होंने सोचा – नई ब्राह्मणी को लेकर घर गए तो वह घर में नहीं घुसने देगी, फिर भी हरिवल्लभ प्राणों के लोभ से बोले – "यह कौन बड़ी बात है। कुलीनों की जान बचाना कुलीनों का धर्म है, पर में वृद्ध हूँ। मेरी आयु क्या विवाह करने की है। मेरा लड़का विवाह कर ले तो क्या काम न चलेगा?"

"वह राजी हो तो उनसे भी काम चल सकता है।"

"मैं उससे कहूँगा तो राजी क्यों न होगा?"

"तब आप उन्हें ही आज्ञा दें। मैं आपको पालकी माँगकर घर भेज दूँगी। आप घर पहुँचकर बहू – भात का प्रबंध करें। हम ब्याह करके बहू को उनके साथ भेज देंगी।"

हरिवल्लभ कहाँ सूली पर चढ़ रहे थे और कहाँ बहू – भात की तैयारी का काम उन्हें मिल गया। वे बोले – "रानीजी से ये सब बातें कर लो। मुझे इसमें कोई आपत्ति नहीं है।"

"मैं जा रही हूँ।" कहकर निशि कमरे में चली गई। उसके जाने पर साहब हरिवल्लभ से बोले – "वह स्त्री तुमसे क्या – क्या बातें कर रही थी?"

"कोई विशेष बात नहीं की उसने।"

"तुम रो क्यों रहे थे?"

"कहाँ रो रहा था मैं?"

"मैं तो हँस रहा हूँ। "यह कहकर हरिवल्लभ ने हँसने का प्रयास किया।

निशि से देवी ने पूछा – "ससुरजी से तुम क्या बातें कर रही थी अभी?"

“देख रही थी कि मैं तुम्हारी सास बन सकती हूँ या नहीं!”

“निशि! तुमने अपना सर्वस्व श्रीकृष्ण को समर्पण कर दिया है, परंतु देखती हूँ, फिर भी उपहास अपने लिए बचा रखा है।”

“देवता को अच्छी चीज़ें ही देनी चाहिए, खराब चीज़ें नहीं।”

आँधी रुकने पर नाव किनारे से जा लगी। देवी ने देखा प्रभात बेला आ गई थी।

वह निशि से बोली – “निशि! आज का यह प्रभात देख रही हो, कितना सुहावना है!”

निशि ने मुस्कराकर कहा – “आज तुम्हारा अवसान और मेरा उदय हुआ है।”

“मेरा अवसान ही मेरा सुप्रभात है। आज चौधरानी का सुप्रभात है, क्योंकि आज उसका अवसान है। अवसान में ही जीवन का उत्थान होता है। निशि! आज मेरे जीवन को वास्तविक शांति प्राप्त हुई है। आज मेरे हृदय की जलन शांत हुई।”

निशि मौन रही फिर कुछ ठहरकर बोली – “आज देवी मर गई। प्रफुल्ल ससुराल जा रही है।”

“उसमें अभी देर है। तुम नाव बाँधने को कहो।”

निशि ने माँझियों को बजरा किनारे बाँधने की आज्ञा दी।

देवी ने कहा – “रंगराज से पूछो हम कहाँ पहुँचे? यहाँ से रंगपुर और भूतनाथ कितनी दूर है?”

रंगराज ने बताया – “रंगपुर का यहाँ से कई दिन का रास्ता है। भूतनाथ एक दिन में पहुँचा जा सकता है।”

देवी निशि से बोली – “ससुरजी को स्नान के बहाने बजरे से नीचे भेज दो।”

दिवा बोली – “इतनी क्या शीघ्रता है?”

निशि रंगराज को बुलाकर हरिवल्लभ को सुनाती हुई बोली – “साहब को फाँसी देनी होगी। ब्राह्मण को अब फाँसी नहीं दी जाएगी, उसे स्नान के लिए भेज दो।”

हरिवल्लभ ने पूछा – “मेरे लिए रानीजी की क्या आज्ञा है?”

निशि बोली – “मेरी प्रार्थना स्वीकार हो गई है। तुम स्नान करने जाओ।”

रंगराज ने प्रबंध करके हरिवल्लभ को स्नान करने के लिए बजरे से नीचे उतार दिया।

देवी निशि से बोली – "साहब को भी छोड़ देने को कहो वे रंगपुर लौट जाएं। उन्हें सौ मोहरें दे दो।"

निशि ने सौ मोहरें रंगराज को देकर आदेश दिया।

रंगराज साहब से बोला – "साहब! उठो।"

"मुझे कहाँ जाना होगा?"

"तुम हमारे कैदी हो तुम यह पूछने वाले कौन होते हो?"

साहब चुपचाप रंगराज के पीछे – पीछे चल दिए। वे चलकर उसी घाट से गुजरे जिस पर हरिवल्लभ स्नान कर रहे थे।

उन्होंने रंगराज से पूछा "साहब को कहाँ ले जा रहे हो?"

रंगराज बोले – "इस सामने वाले जंगल में।

"वहाँ ले जाकर इनका क्या करोगे?"

"जंगल में ले जाकर इन्हें फाँसी दी जाएगी।"

हरिवल्लभ काँप उठे। वे गायत्री का जाप भूल गए, फिर संध्या भी ठीक से नहीं कर सके।

जंगल में ले जाकर रंगराज साहब से बोला – "हम लोग किसी को फाँसी नहीं देते और न ही हम कहीं डाका डालते हैं। देवीजी ने आज तक अपने जीवन में कभी कोई डाका नहीं डाला। तुम सीधे अपने घर लौट जाओ। हमारे पीछे न लगना। जाओ, तुम्हें मुक्त किया।" फिर पूछा – "मगर रंगपुर यहाँ से दूर है, जाओगे कैसे?"

"जैसे भी होगा, चला जाऊँगा।"

"नाव ले लेना या गांव में जाकर घोड़ा खरीद लेना या पालकी कर लेना। ये लो, रानी ने तुम्हें ये सौ मोहरे मार्ग – व्यर्य के लिए दी हैं।"

साहब देवी का यह व्यवहार देखकर आश्चर्यचकित रह गए। उन्होंने केवल पाँच मोहरें लीं और बोले – "इनसे मेरा काम चल जाएगा। मैं यह ऋण ले रहा हूँ।"

"हम लेने आएं तो अदा कर देना। तुम्हारा कोई सिपाही घायल हुआ या मर गया हो तो सूचना देना।"

"क्यों?"

"रानी उसकी सहायता करेगी।"

साहब को विश्वास न हुआ। वे कुछ कहे बिना ही वहाँ से चुपचाप चले गए।

रंगराज निकट के गांव से पालकी लेकर बजरे की ओर चल पड़े।

ब्रजेश्वर अंदर जाकर देवी के पास बैठ गए थे।

देवी बोली – "तुम्हारी आज्ञा का मैंने पालन किया। तुमने जान बचाने को कहा था, सो मैंने बचा दी। आज देवी चौधरानी मर चुकीं अब प्रफुल्ल जीवित रहे या देवी के साथ प्रस्थान करे ?"

ब्रजेश्वर प्रफुल्ल को बाहों में भरकर बोले – "अब मेरी प्रफुल्ल को कोई मुझसे पृथक नहीं कर सकता। तुम मेरे साथ न चलोगी तो मैं भी न जाऊँगा।"

"मैं घर चलूँ। ससुरजी से पूछ लिया है? आप तो मुझे तब भी घर से निकालना नहीं चाहते थे।"

"उन्हें भेज दो। हम दोनों उनके पीछे चलेंगे। उन्हें में ठीक कर लूँगा।"

तभी रंगराज पालकी लेकर आ गया।

हरिवल्लभ भी संध्या पूजा करके लौट आए थे। उन्होंने ब्रजेश्वर को बुलाया। उन्होंने सोचा – "मेरे लड़के को देखकर डाकू औरतें भी मुग्ध हो गई हैं। चलो, अच्छा ही हुआ। अपनी जान तो बच गई।"

वे ब्रजेश्वर से बोले – "ब्रज तुम यहाँ कैसे आए? खैर, यह बात बाद में होगी। मैंने इन लोगों को एक वचन दिया है। वह तुम्हें पूरा करना होगा। निशि ठकुरानी कुलीन परिवार से हैं। इनके पिता को अपनी पुत्री के लिए वर नहीं मिल रहा है। उनकी जान जा रही है। कुलीनों की जान बचाना कुलीनों का धर्म है। मेरी इच्छा है कि तुम इनका उद्धार करो। तुम इनकी बहन से विवाह कर लो।"

"इसकी बहन से विवाह कर लूँ। कुछ समझ में नहीं आया।"

निशि को हंसी आ गई, परंतु वह गंभीर बनी रही।

हरिवल्लभ बोले – "मेरे लिए पालकी आ गई है। मैं घर जाकर बहू – भात का प्रबंध करूँगा। तुम विवाह करके बहू को लेकर घर आना।"

हरिवल्लभ ने प्रस्थान किया। उन्होंने पालकी पर चढ़कर दीर्घ श्वास ली और मन में सोचा – "चलो जान बची।"

हरिवल्लभ के चले जाने पर ब्रजेश्वर ने निशि से पूछा – "यह सब क्या गोलमाल हुआ ? तुम्हारी बहन कौन है ?"

"नहीं जानते ? उसका नाम प्रफुल्ल है।"

ब्रजेश्वर बोले – “निशि! मैंने तुम्हारी सब बातें सुनी थीं, परंतु मैं इस प्रकार का छल नहीं करूँगा। मैं प्रफुल्ल को लेकर घर जाऊँगा और वहाँ पिताजी से सब बातें खोलकर कहूँगा।”

“क्या तुम्हारे पिता देवी चौधरानी को घर में घुसने देंगे?”

देवी बोलीं – “देवी चौधरानी की मृत्यु हो चुकी अब प्रफुल्ल की बात करो निशि!”

निशि – प्रफुल्ल को ही क्या वे घर में घुसने देंगे? प्रफुल्ल को तो उन्होंने पहले ही घर से निकाल दिया था।

ब्रजेश्वर बोले – “यह सब मुझे देखना है निशि! अन्य किसी को नहीं। अब प्रफुल्ल को मुझसे पृथक करने वाली कोई शक्ति नहीं है। ब्रजेश्वर वहीं रहेगा, जहाँ प्रफुल्ल रहेगी।”

ब्रजेश्वर के इन शब्दों को सुनकर देवी, दिवा और निशि को असीम शांति प्राप्त हुई।

सभी लोग भूतनाथ के घाट पर पहुँचे। घाट पर बजरा लगते ही गांव वाले ब्रजेश्वर की नई बहू को देखने के लिए उतावले हो उठे। गांव की स्त्रियाँ उसे देखने दौड़ीं। बहू को देखने के लिए भीड़ लग गई।

सास ने घूंघट उठाकर बहू का मुँह देखा तो चौंकी, परंतु बोली – “बहू बहुत अच्छी है।” उसकी आँखों में पानी भर आया।

गृ हिणी सोच – विचार करने के बाद पड़ोस से अन्य देखने आने वाली स्त्रियों से बोली – “मेरे बेटा – बहू बहुत दूर से चलकर भूखे – प्यासे आ रहे हैं। बहू अब यहीं रहेगी। तुम लोग रोज देखोगी। इस समय अपने घर जाओ।”

पड़ोसिने अपने – अपने घर लौटने लगीं। इसके साथ ही वे आपस में नई बहू के बारे में चर्चा करती हुई चल रही थीं।

“भीलनी – सी बहू है।” यह कहकर सभी ने घृणा प्रकट की। कोई बोली – “कुलीनों के यहाँ यही होता है।”

गृहिणी ब्रजेश्वर से एकांत में बोली “बहू कहाँ मिली बेटा?”

“यह नया विवाह नहीं है माँ! क्या अपनी प्रफुल्ल को आप पहचानती नहीं?”

“मैं यही पूछ रही हूँ कि यह खोया हुआ धन कहाँ से प्राप्त हुआ बेटा?” उसकी आँखों में आँसू आ गए।

“विधाता की कृपा से प्राप्त हुआ है माँ! पिताजी से कुछ न कहना। मैं उन्हें सब कुछ समझा दूँगा।”

“तुम्हें कुछ कहने की आवश्यकता नहीं है बेटा” वह अपने बेटे को समझाते हुए बोली – “मैं सब कह दूँगी – बस बहू – भात हो जाए। तुम चिंता मत करो। तुम किसी से कुछ मत कहना।”

गृहिणी हरिवल्लभ से बोली – “यह नया विवाह नहीं है। भाग्य से हमें अपनी बड़ी बहू मिल गई है।”

यह सुनकर हरिवल्लभ चौंक उठे मानो उन्हें बिच्छू ने काट लिया हो। वे बोले "ऐं! बड़ी बहू? किसने कहा?"

"मैंने पहचान लिया और ब्रज ने भी कहा है।"

"परंतु वह तो दस वर्ष हुए मर चुकी है।"

"मरा आदमी क्या कभी लौटता है?"

"परंतु इतने दिन वह रही कहाँ?"

"यह सब मैंने अभी ब्रजेश्वर से नहीं पूछा है, पूछूँगी भी नहीं। जब ब्रज उसे घर लाया है तो समझ – बूझकर ही लाया होगा।"

"मैं पूछता हूँ उससे।"

"तुम्हें मेरी कसम, जो तुमने उससे कुछ भी कहा। एक बार तुम्हारे कहने से मैं अपना लड़का खो बैठी थी। अब यदि तुम कुछ कहोगे तो मैं नदी में कूदकर प्राण दे दूँगी।"

हरिवल्लभ बोलें – "तो लोगों में नए विवाह की ही बात फैली रहने दो। यह बात न कहना।"

गृहिणी ने यह समाचार ब्रजेश्वर को सुनाया तो वह बोला – "नहीं, मैं इस तरह की चोरी की कोई बात न करूँगा। मेरी प्रफुल्ल देवी है। उसने हमारे परिवार की प्रतिष्ठा को बचाया है। जो पचास हजार रुपया देकर पिताजी ने अपनी रक्षा की थी, वे उसी ने दिए थे।"

यह सारा किस्सा सुनकर हरिवल्लभ दंग रह गए।

प्रफुल्ल ने ब्रजेश्वर से कहकर सागर को बुलवा भेजा।

जो बुलाने गया था, उसने सागर को बताया कि एक और विवाह कर आए हैं। यह सुनकर सागर को बड़ी घृणा हुई।

सागर ससुराल आई। वह आते ही पहले नयन बहू के पास गई। सागर और नयन एक – दूसरे की आँख का काँटा थीं, परंतु आज दोनों एक होकर मिली। नयनतारा की दशा हांडी में बंद साँप जैसी थी।

प्रफुल्ल के आने के पश्चात् नयनतारा से केवल एक बार ब्रजेश्वर की भेंट हुई थी। उसकी गाली की चोट खाकर ब्रजेश्वर भाग खड़ा हुआ था।

सागर बोली "सुना है, एक और विवाह किया है?"

"क्या जाने विवाह है या निकाह?"

“ब्राह्मण का क्या निकाह होता है?”

“ब्राह्मण है या शूद्र या मुसलमान मैं क्या देखने गई हूँ?”

“ऐसी बात न कहो। अपनी जात बचाकर बात करनी चाहिए।”

“जिसके घर में इतनी बड़ी लड़की ब्याह कर आए, उसकी जात क्या रहती है?”

“कितनी बड़ी है? हमारी ही आयु की होगी?”

“मेरी माँ के बराबर है।”

“बाल पके हैं क्या?” सागर ने पूछा।

“बाल न पके होते तो रात-दिन घूंघट निकालकर क्यों रखती वह?”

“दांत भी टूटे हैं?”

“बाल पक गए तो क्या दांत न टूटते? एक भी दांत नहीं है?”

“ऐसा किया क्यों?”

“कुलीनों के यहाँ यही सब होता है?”

“शक्ल – सूरत से कैसी है?”

“साक्षात् परी।”

“मैं जरा देख आऊँ।”

“जा, जन्म सार्थक कर आ।”

नई सौत को खोजते – खोजते सागर ने उसे तालाब पर पकड़ा।

प्रफुल्ल पीठ किए बैठी थी।

सागर ने पीछे से पूछा – “क्या तुम्हीं हमारी नई बहू हो जी?”

“कौन, सागर! आ गई तू?” कहकर प्रफुल्ल ने सागर की ओर मुँह किया।

सागर विस्मित होकर बोली – “देवी चौधरानी?”

“चुप, देवी मर चुकी है।”

“प्रफुल्ल!”

“प्रफुल्ल भी मर चुकी है।”

“तब तुम कौन हो?”

“नई बहू”

“यह सब कैसे हुआ, मुझे बताओ।”

"यह सब यहाँ कहने की बात नहीं है। घर चलो, वहीं सब बातें बताऊँगी।"

दोनों घर चली आईं। प्रफुल्ल ने सागर को सब समझाया।

सागर बोली – "क्या अब गृहस्थी में मन लगेगा ? रानीगिरी करने के बाद बर्तन माँजना, घर बुहारना भला लगेगा ? योग – शास्त्र के बाद ब्रह्म ठकुरानी बन सकोगी ? जिनके इशारे पर दो हजार आदमी नाचते थे, वह क्या आज्ञा – पालन कर सकेगी ?"

"कर सकेगी, तभी तो आई हूँ। स्त्रियों का यही धर्म है। गृहस्थ धर्म सबसे कठिन है। इससे बढ़कर कोई भी योग नहीं है। इससे कठिन और कौन संन्यास होगा ? मैं यही संन्यास धारण करूँगी अब।"

"तब कुछ दिन तुम्हारे पास रहकर मैं भी तुम्हारी शिष्या बनूँगी बहन!"

ससुराल में रहकर सागर ने देखा – प्रफुल्ल ने जो कहा था वही किया। घर के सब लोग सुखी हुए। सास प्रफुल्ल से इतनी प्रसन्न थी कि घर का सारा भार उसे सौंपकर सागर के लड़के को लिये फिरती रहती थी। ससुर ने भी प्रफुल्ल के गुण समझे। अब जो काम वह न करती, वह उन्हें अच्छा ही न लगता था।

सास – ससुर प्रफुल्ल से पूछे बिना कोई काम नहीं करते थे। अब ठकुरानी ने भी रसोई का भार प्रफुल्ल पर छोड़ दिया था।

रसोई अब तीनों बहुए बनाती थीं, परंतु जिस दिन प्रफुल्ल कुछ नहीं बनाती थी, उस दिन किसी को कुछ अच्छा न लगता था। जिसके पास प्रफुल्ल न खड़ी होती थी, वही सोचता था कि आज भरपेट भोजन न कर सका। अंत में नयन भी उसकी प्रशंसक बन गई। अब वह किसी से कलह नहीं करती थी।

सागर इस बार बहुत दिन बाप के यहाँ जाकर नहीं ठहर सकी, शीघ्र ही लौट आई। यह सब लोगों के लिए बड़े आश्चर्य की बात थी, परंतु प्रफुल्ल के लिए नहीं।

प्रफुल्ल ने निष्काम कर्म का अभ्यास किया था। प्रफुल्ल गृहस्थी में आकर ही यथार्थ संन्यासिनी हुई थी। उसे कोई कामना नहीं थी। वह केवल काम खोजती थी। कामना का अर्थ है – अपना सुख खोजना, काम का अर्थ है – दूसरों का सुख खोजना।

प्रफुल्ल भवानी ठाकुर द्वारा सान पर चढ़ाई हुई तलवार थी, जिसने सांसारिक कष्टों को अनायास ही काट डाला था।

प्रफुल्ल का झगड़ा अब ब्रजेश्वर के साथ था। वह कहती थी, मैं अकेली ही तुम्हारी पत्नी नहीं हूँ। तुम जैसे मेरे हो, वैसे ही सागर और नयन बहू के भी हो। वे दोनों भी तुम्हारी पूजा क्यों नहीं कर पाती ? ब्रजेश्वर यह कुछ नहीं सुनता था। उसका हृदय केवल प्रफुल्लमय था।

प्रफुल्ल कहती थी, मुझ जैसा ही उन्हें भी प्यार करो, अन्यथा मुझ पर तुम्हारा प्रेम पूर्ण न होगा। मैं और वे एक ही हैं। यह ब्रजेश्वर की समझ में नहीं आता था।

अब घर के आर्थिक काम भी उसके हाथ में आ गए थे। जमींदारी के काम में भी गृह – स्वामी कहते – 'नई बहू से पूछो क्या करना चाहिए?' प्रफुल्ल के परामर्श से घर की लक्ष्मी बढ़ने लगी। समय आने पर धन – जन से पूर्ण घर छोड़कर हरिवल्लभ का प्रशांत हुआ।

अब ब्रजेश्वर के पास काफी रुपया था।

एक दिन प्रफुल्ल बोली – "अब आप मेरा पचास हजार रुपया चुका दीजिए।"

ब्रजेश्वर ने पूछा – "तुम रुपया लेकर क्या करोगी?"

"रुपया मेरा नहीं, भगवान श्रीकृष्ण का है। मैं उसे उन्हें ही लौटा दूँगी।"

"किस तरह?"

"पचास हजार रुपये से एक अतिथिशाला बनवा दो।"

ब्रजेश्वर ने वैसा ही किया। अतिथिशाला में अन्नपूर्णा की मूर्ति स्थापित की गई, उसका नाम रखा गया – 'देवी निवास।'

रंगराज, दिवा और निशि 'देवी निवास' में श्रीकृष्ण – सेवा के लिए आ गए। भवानी ठाकुर का कुछ पता न चला कि कहाँ चले गए।

कहते हैं कि भवानी ठाकुर दूसरे किसी द्वीप पर चले गए।

प्रफुल्ल! एक बार फिर आओ, हम तुम्हें देखें। समाज ने एक बार फिर कहा – "मैं नवीन नहीं प्राचीन हूँ। मैं वह वाक्य मात्र हूँ, मेरा आगमन अनेक बार हो चुका है। तुम हमें विस्मय कर गए थे।" इसलिए पुनः आना पड़ा –

"परित्राणाय साधूनाम् विनाशाय च दुष्कृताम्।
धर्मसंस्थापनार्थाय संभवामि युगे युगे।।"

लेखक के बारे में

बंकिमचन्द्र चट्टोपाध्याय (चटर्जी) की कलम ने भारतीयों को अंग्रेजी दासता से मुक्ति का मार्ग दिखाया। गुलामी की जंजीरों को तोड़ने का साहस जगाया। 'वंदेमातरम' उनके अकूत देशप्रेम की ही अभिव्यक्ति है, जो राष्ट्रीय गीत के रूप में सुशोभित है।

भारतीय जनमानस पर उनकी गहरी छाप दिखाई देती है। इसमें कोई दो राय नहीं कि आजादी के मतवालों ने उनसे प्रेरणा न ली हो।

वह उन शीर्षस्थ बंगला उपन्यासकारों में से एक हैं, जिनकी लेखनी ने बंगाल-साहित्य ही नहीं, हिन्दी-साहित्य को भी समृद्ध किया। उनके खाते में 15 उपन्यास दर्ज हैं, लेकिन कोई भी कृति किसी से कम या ज्यादा नहीं है।

नारी के विरह और अंतर्वेदना को उन्होंने मानसिक नहीं, साहसिक तरीके से उकेरा है, जो ज़िन्दा दिलों में हलचल पैदा करती है। स्त्री के भीतर प्रेम जब फूटता है तो पूरा उपवन महकता है। देवी चौधरानी, दुर्गेश नंदिनी, कपालकुंडला, मृणालिनी, चंद्रशेखर, इसके उत्कृष्ट उदाहरण हैं।

उन्होंने भारतीय इतिहास को समझाने के लिए नव-दृष्टि प्रदान की है। यही कारण है कि वह ऐतिहासिक उपन्यासों के कथानकों को भी रोचक तरीके से प्रस्तुत करते हैं। वे ऐतिहासिक उपन्यास लिखने में सिद्धहस्त थे, उनकी इस विधा के आगे कोई नहीं ठहरता। साहित्य जगत में उन्हें भारत का एलेक्जेंडर ड्यूमा कहा जाता है। लेकिन बंगला के इस शीर्षस्थ उपन्यासकार को नारी का पक्षधर और साहसिक कहना ज्यादा उचित होगा।

LIST OF TITLES WITH ISBN NO.

ISBN	TITLE
9788194914129	1984
9789390575220	1984 & Animal Farm (2In1)
9789390575572	1984 & Animal Farm (2In1): The International Best-Selling Classics
9789390575848	35 Sonnets
9789390575329	A Clergyman's Daughter
9789390575923	A Study In Scarlet
9789390896097	A Tale Of Two Cities
9789390896837	Abide in Christ
9789390896202	Abraham Lincoln
9789390896912	Absolute Surrender
9789390896608	African American Classic Collection
9789390575305	Aldous Huxley: The Collected Works
9789390896141	An Autobiography of M. K. Gandhi
9789390575886	Animal Farm
9789390575619	Animal Farm & The Great Gatsby (2In1)
9789390575626	Animal Farm & We
9789390896158	Anna Karenina
9789390575534	Antic Hay
9789390896165	Antony & Cleopatra
9789390896172	As I Lay Dying
9789390896226	As You like it
9789390575671	At Your Command
9789390575350	Awakened Imagination
9789390575114	Be What You Wish
9789390896233	Believe In yourself
9789390896998	Best of Charles Darwin: The Origin of Species & Autobiography
9789390896684	Best Of Horror : Dracula And Frankenstein
9789390575503	Best Of Mark Twain (The Adventures of Tom Sawyer AND The Adventures of Huckleberry Finn)
9789390896769	Black History Collection
9789390575756	Brave New World, Animal Farm & 1984 (3in1)

9789390896240	Brother Karamzov
9789390575053	Bulleh Shah Poetry
9789390575725	Burmese Days
9789390896257	Bushido
9789390896066	Can't Hurt Me
9788194914112	Chanakya Neeti: With The Complete Sutras
9789390896042	Crime and Punishment
9789390575527	Crome Yellow
9789390575046	Down and Out in Paris and London
9789390896844	Dracula
9789390575442	Emersons Essays: The Complete First & Second Series (Self-Reliance & Other Essays)
9789390575749	Emma
9789390575817	Essential Tozer Collection - The Pursuit of God & The Purpose of Man
9789390896578	Fascism What It Is and How to Fight It
9789390575688	Feeling is the Secret
9789390575190	Five Lessons
9789390575954	Frankenstein
9789390575237	Franz Kafka: Collected Works
9789390575282	Franz Kafka: Short Stories
9789390575060	George Orwell Collected Works
9789390575077	George Orwell Essays
9789390575213	George Orwell Poems
9788194914150	Greatest Poetry Ever Written Vol 1
9788194914143	Greatest Poetry Ever Written Vol 1
9789390896301	Gulliver's Travel
9789390575961	Gunaho Ka Devta
9789390575893	H. P. Lovecraft Selected Stories Vol 1
9789390575978	H. P. Lovecraft Selected Stories Vol 2
9789390896059	Hamlet
9789390575022	His Last Bow: Some Reminiscences of Sherlock Holmes
9789390896134	History of Western Philosophy
9789390575121	Homage To Catalonia

9789390896219	How to develop self-confidence and Improve public Speaking
9789390896295	How to enjoy your life and your Job
9789390575633	How to own your own mind
9789390896318	How to read Human Nature
9789390896325	How to sell your way through the life
9789390896370	How to use the laws of mind
9789390896387	How to use the power of prayer
9789390896028	How to win friends & Influence People
9788194824176	How To Win Friends and Influence People
9789390896103	Humility The Beauty of Holiness
9789390896653	Imperialism the Highest Stage of Capitalism
9789390575084	In Our Time
9789390575169	In Our Time & Three Stories and Ten poems
9789390575145	James Allen: The Collected Works
9789390896189	Jesus Himself
9789390575480	Jo's Boys
9789390896394	Julius Caesar
9789390575404	Keep the Aspidistra Flying
9789390896400	Kidnapped
9789390896424	King Lear
9789390575824	Lady Susan
9789390896455	Law of Success
9789390896264	Lincoln The Unknown
9789390575565	Little Men
9789390575640	Little Women
9788194914174	Lost Horizon
9789390896462	Macbeth
9789390896929	Man Eaters of Kumaon
9789390896523	Man The Dwelling Place of God
9789390896349	Man The Dwelling Place of God
9789390575909	Mansfield Park
9788194914136	Manto Ki 25 Sarvshreshth Kahaniya
9789390896509	Marxism, Anarchism, Communism
9789390575664	Mathematical Principles of Natural Philosophy

9788194914198	Meditations
9789390575800	Mein Kampf
9789390575794	Memory How To Develop, Train, And Use It
9789390896486	Mind Power
9789390896585	Money
9789390575039	Mortal Coils
9789390575770	My Life and Work
9789390896035	Narrative of the Life of Frederick Douglass
9789390575152	Neville Goddard: The Collected Works
9789390575985	Northanger Abbey
9789390896530	Notes From Underground
9789390896547	Oliver Twist
9789390575459	On War
9789390575541	One, None and a Hundred Thousand
9789390896554	Othelo
9789390575435	Out Of This World
9789390575015	Persuasion
9789390575510	Prayer The Art Of Believing
9789390575091	Pride and Prejudice
9789390896561	Psychic Perception
9789390575381	Rabindranath Tagore - 5 Best Short Stories Vol 2
9789390575367	Rabindranath Tagore - Short Stories (Masters Collections Including The Childs Return)
9789390575374	Rabindranath Tagore 5 Best Short Stories Vol 1 (Including The Childs Return
9789390896622	Romeo & Juliet
9789390896127	Sanatana Dharma
9789390575596	Seedtime & Harvest
9789390896639	Selected Stories of Guy De Maupassant
9789390575206	Self-Reliance & Other Essays
9789390575176	Sense and Sensibility
9789390575299	Shyamchi Aai
9789390896738	Socialism Utopian and Scientific
9789390896646	Success Through a Positive Mental Attitude
9789390575428	The Adventures of Huckleberry Finn

9789390575183	The Adventures of Sherlock Holmes
9789390575343	The Adventures of Tom Sawyer
9789390896691	The Alchemy Of Happiness
9789390575862	The Art Of Public Speaking
9789390896288	The Autobiography Of Charles Darwin
9788194914181	The Best of Franz Kafka: The Metamorphosis & The Trial
9789390575008	The Call Of Cthulhu and Other Weird Tales
9789390575107	The Case-Book of Sherlock Holmes
9789390896110	The Castle Of Otranto
9789390896745	The Communist Manifesto
9789390575589	The Complete Fiction of H. P. Lovecraft
9789390575497	The Complete Works of Florence Scovel Shinn
9789390896820	The Conquest of Breard
9789390896813	The Diary of a Young Girl
9789390896332	The Diary of a Young Girl The Definitive Edition of the Worlds Most Famous Diary
9789390575701	The Great Gatsby, Animal Farm & 1984 (3In1)
9789390575312	The Greatest Works Of George Orwell (5 Books) Including 1984 & Non-Fiction
9789390575992	The Hound of Baskervilles
9789390896707	The Idiot
9789390896714	The Invisible Man
9789390575657	The Knowledge of the holy
9789390575558	The Law & the Promise
9789390896721	The Law Of Attraction
9789390896776	The Leader in you
9789390896363	The Life of Christ
9789390896196	The Man-Eating Leopard of Rudraprayag
9789390896783	The Master Key to Riches
9789390575268	The Memoirs Of Sherlock Holmes
9789390896479	The Midsummer Night's Dream
9789390575466	The Mill On The Floss
9789390896790	The Miracles of your mind
9789390896660	The Mutual Aid A Factor in Evolution
9789390896448	The Origin of Species

9789390896905	The Peter Kropotkin Anthology The Conquest of Bread & Mutual Aid A Factor of Evolution
9789390896806	The Picture of Dorian Gray
9789390896271	The Picture of Dorian Gray
9789390575275	The Power Of Awareness
9789390896356	The Power of Concentration
9788194824169	The Power of Positive Thinking
9789390575411	The Power of the Spoken Word
9788194914105	The Power Of Your Subconscious Mind
9789390896899	The Power of Your Subconscious Mind
9789390896417	The Principles of Communism
9789390575787	The Psychology Of Mans Possible Evolution
9789390896615	The Psychology of Salesmanship
9789390575732	The Pursuit of God
9789390575398	The Pursuit of Happiness
9789390896851	The Quick and Easy Way to effective Speaking
9789390575947	The Return Of Sherlock Holmes
9789390575138	The Road To Wigan Pier
9789390896981	The Root of the Righteous
9789390575855	The Science Of Being Well
9788194914167	The Science Of Getting Rich, The Science Of Being Great & The Science Of Being Well (3In1)
9789390896011	The Screwtape Letters
9789390896073	The Screwtape Letters
9789390575336	The Secret Door to Success
9789390575695	The Secret Of Imagining
9789390896868	The Secret Of Success
9789390896431	The Seven Last Words
9789390575930	The Sign of the Four
9789390896004	The Sonnets
9789390896516	The Souls of Black Folk
9789390896875	The Sound and The Fury
9789390575244	The State and Revolution
9789390896882	The Story of My Life
9789390896936	The Story Of Oriental Philosophy

9789390896752	The Strange Case of Dr. Jekyll and Mr. Hyde
9789390896943	The Tempest
9789390575916	The Valley Of Fear
9789390575879	The Wind in the willows
9789390896080	The Wind in the willows
9789390575763	Their eyes were watching gofd
9789390575831	Three Stories
9789390896950	Twelfth Night
9789390896592	Twelve Years a Slave
9789390896677	Up from Slavery
9789390896974	Value Price and Profit
9789390896967	Wake Up and Live
9789390896493	With Christ in the School of Prayer
9789390575602	Your Faith is Your Fortune
9789390575473	Your Infinite Power To Be Rich
9789390575251	Your Word is Your Wand
9789390575718	Youth
9789391316099	A Christmas Carol
9789391316105	A Doll's House
9789391316501	A Passage to India
9789391316709	A Portrait of the Artist as a Young Man
9789391316112	A Tale of Two Cities
9789391316747	A Tear and a Smile
9789391316167	Agnes Gray
9789391316174	Alice's Adventures in Wonderland
9789391316136	Anandamath
9789391316181	Anne Of Green Gables
9789391316754	Anthem
9789391316198	Around The World in 80 Days
9789391316013	As A Man Thinketh
9789391316242	Autobiography of a Yogi
9789391316266	Beyond Good and Evil
9789391316761	Bleak House
9789391316778	Chitra, a Play in One Act
9789391316310	David Copperfield

9789391316075	Demian
9789391316785	Dubliners
9789391316051	Favourite Tales from the Arabian Nights
9789391316235	Gitanjali
9789391316068	Gravity
9789391316150	Great Speeches of Abraham Lincoln
9789391316662	Guerilla Warfare
9789391316839	Kim
9789391316822	Mother
9789391316211	My Childhood
9789391316846	Nationalism
9789391316327	Oliver Twist
9789391316853	Pygmalion
9789391316334	Relativity: The Special and the General Theory
9789391316389	Scientific Healing Affirmation
9789391316341	Sons and Lovers
9789391316587	Tales from India
9789391316372	Tess of The D'Urbervilles
9789391316396	The Awakening and Selected Stories
9789391316402	The Bhagvad Gita
9789391316303	The Book of Enoch
9789391316228	The Canterville Ghost
9789391316907	The Dynamic Laws of Prosperity
9789391316006	The Great Gatsby
9789391316860	The Hungry Stones and Other Stories
9789391316433	The Idiot
9789391316440	The Importance of Being Earnest
9789391316297	The Light of Asia
9789391316914	The Madman His Parables and Poems
9789391316457	The Odyssey
9789391316921	The Picture of Dorian Gray
9789391316464	The Prince
9789391316938	The Prophet
9789391316945	The Republic
9789391316518	The Scarlet Letter

9789391316143	The Seven Laws of Teaching
9789391316525	The Story of My Experiments with Truth
9789391316532	The Tales of the Mother Goose
9789391316549	The Thirty Nine Steps
9789391316594	The Time Machine
9789391316600	The Turn of the Screw
9789391316983	The Upanishads
9789391316617	The Yellow Wallpaper
9789391316426	The Yoga Sutras of Patanjali
9789391316990	Ulysses
9789391316624	Utopia
9789391316679	Vanity Fair
9789391316020	What Is To Be Done
9789391316686	Within A Budding Grove
9789391316693	Women in Love

www.ingramcontent.com/pod-product-compliance
Lightning Source LLC
LaVergne TN
LVHW051547170726
843492LV00006B/1997